El estrecho de Bering

Emmanuel Carrère

El estrecho de Bering

Introducción a la ucronía

Traducción de Encarna Castejón

EDITORIAL ANAGRAMA
BARCELONA

Título de la edición original:
Le Détroit de Behring

Ilustración: foto © Evans / Getty Images, © Hulton Deutsch / Getty Images.
Fotomontaje y retoque de Diane Parr

Primera edición: octubre 2022

Diseño de la colección: Julio Vivas y Estudio A

ISBN: 978-84-339-7649-9
Depósito Legal: B. 15158-2022

Printed in Spain

Liberdúplex, S. L. U., ctra. BV 2249, km 7,4 - Polígono Torrentfondo
08791 Sant Llorenç d'Hortons

A principios del siglo XX, Giovanni Papini recomendaba abrir en la universidad cátedras de Ignorética, la ciencia de todo lo que no sabemos. Si hubiésemos seguido su consejo, el estudio de la Ucronía estaría ahora mucho más avanzado.

Es una tarea pendiente. Apenas se utiliza siquiera esa palabra. Los especialistas en ciencia ficción la usan de vez en cuando, los historiadores casi nunca y, aunque aparecía en el *Grand Larousse* del siglo XIX, las ediciones actuales la han suprimido. La acuñó en 1876 el filósofo francés Charles Renouvier, basándose en el modelo de la Utopía a la cual, trescientos sesenta años antes, el canciller de Inglaterra Tomás Moro dio un nombre que iba a tener mayor fortuna. A la Utopía, del griego *ou-topos:* que no está en ningún lugar, le corresponde la Ucronía, *ou-cronos:* que no está en ningún tiempo. A un espacio y, en consecuencia, a una ciudad, a leyes, a costumbres que solo existen en la mente de legistas y urbanistas insatisfechos se superpone un tiempo igualmente regido por el capricho y, en consecuencia, una historia. Sin embargo, el prefijo privativo es fuente de confusión y la analogía entre ambos enfoques resulta menos evidente de lo que parece.

El libro fundacional de Renouvier, titulado *Ucronía,* tiene dos subtítulos; uno bueno, otro no tanto. El bueno define claramente la disciplina que me gustaría examinar aquí: *Esbozo apócrifo del desarrollo de la civilización europea, no tal como ha sido, sino tal como habría podido ser.* De eso se trata: de la historia, si hubiera sucedido de otra manera.

El subtítulo no tan bueno, *La utopía en la historia,* me ha servido más de una vez para explicar aquello a lo que me dedico («En pocas palabras, la ucronía es como la utopía, pero para el tiempo», «Ah, ¿sí?»), pero requiere alguna aclaración.

Supongamos a un hombre descontento con su ciudad. Hace algunos siglos, podía imaginar que había mejores ciudades en un mundo que aún ofrecía espacios inexplorados. Casi todas las utopías clásicas utilizan el mismo artificio narrativo: pretenden ser el relato de un viaje. En una isla remota, ignorada por los mapas, los navegantes encuentran la República ideal. Es Utopía. Pero Tomás Moro, al acuñar esa palabra, nos avisa y nos apena: no hay que hacerse ilusiones, la ciudad perfecta no está en ningún lugar.

Si, una vez explorada la superficie del planeta y comprobado que ningún lugar es especialmente mejor que aquel en el que vivimos, aún queremos fingir que esa ciudad existe –aunque solo sea para ponerla de ejemplo–, nos quedan dos caminos. Al no estar en la Tierra, puede estar más allá, en el espacio interestelar. Al no hallarse en el presente, puede estar en otro momento del tiempo. Si existió en el pasado, evocamos la edad de oro. Si existirá en el futuro, la utopía se convierte en ciencia ficción. Ninguna de estas afirmaciones contradice lo que sabemos de nuestro mundo. Nadie siente la necesidad de hacer coexistir dos universos en un mismo espacio. Hay suficiente sitio más allá como para abstenerse de amenazar el *statu quo* entre lo real y lo imaginario.

El mismo solo se ve comprometido si, por ejemplo, un parisino de 1985, en lugar de decir que todo era mejor en la Antigüedad griega, que todo será mejor en 2985, que todo es mejor en Papúa, en China o en Marte, describe una sociedad completamente distinta a la suya, conforme a la idea que se hace de lo mejor –o de lo peor, da igual– y se empeña en fechar el cuadro afirmando que se trata de París en 1985. Es en ese momento cuando estalla el escándalo: entramos en Ucronía.

Domina entonces un descontento diferente. Napoleón fue derrotado en Waterloo, murió en Santa Elena. Es intolerable –al menos, eso es lo que piensa el ucronista– y seguimos padeciendo las consecuencias de esa desgracia. Hay que rectificar ese desacierto de la historia. Anular lo que ha sido, sustituirlo por lo que *debería* haber sido (si uno se encarga, en nombre de una firme convicción, de leerle la cartilla a la Providencia), o de lo que habría *podido* ser (si uno se limita a experimentar una perspectiva mental, sin volverse militante).

El propósito de la utopía es modificar lo que es o, al menos, proporcionar los planes de tal modificación. Se trata de algo de lo más razonable y a ello se dedican, por caminos muy diferentes, tanto los hombres que construyen civilizaciones como los que las ansían mejores y confían sus sueños al papel. El propósito de la ucronía, escandaloso, es modificar lo que ha sido.

Da forma a una obsesión curiosa y banal a la vez. Imaginar el estado del mundo si tal acontecimiento, considerado determinante, hubiera ocurrido de otro modo es uno de los ejercicios más naturales y frecuentes de la mente humana. Dadas las circunstancias, más natural y frecuente que construir con la imaginación ciudades ideales. Así se demuestra repetidamente en las conversaciones en el Café du Commerce, en las que se compara la situación actual a la que tendríamos si... (en general, esta última suele salir bien parada), y apostaría encantado a que el hombre de las cavernas, al regresar de una caza infructuosa, ya se complacía en imaginarla mejor y sacar conclusiones (en primer lugar: voy a comer esta noche). Así que los sutiles dichos como «Si los deseos fueran peces, el mundo entero estaría lanzando redes» parecen inventados para poner freno a una tendencia mental que todos compartimos.

El misterio es que, al parecer, ese freno ha funcionado. Que una especie de pereza intelectual, quizá de tabú, ha impedido que la extrapolación razonada en este terreno alcance la categoría de género literario. La utopía sí lo ha conseguido, prueba de la sensatez de sus objetivos: si bien siempre es útil reflexionar sobre el urbanismo y la formación cívica, siempre es estúpido lamentarse por aquello que nunca ha sucedido. Aristóteles afirma, tajante, que quien se recrea en semejantes reflexiones «razona como un vegetal».

Y, de hecho, no nos detenemos en ellas: la ensoñación retrospectiva no se formula o solo se expresa verbalmente. Alimenta una verborrea de café, individual o colectiva, que cierto pudor o quizá el sentimiento de la absoluta esterilidad de la empresa nos impiden compartir a través de la escritura y de la publicación. No obstante, de vez en cuando, el exceso de resquemor hacia una historia sobre la que sentimos que, en un momento muy concreto, se desvió por el peor de los caminos –la melancolía de ver truncada la expansión del imperio napoleónico o a Mozart morir a los treinta y cinco años– inspira un acto de rebelión escrita contra la implacable autoridad de lo que sí ha sucedido. Y también, de vez en cuando, una mente curiosa, con tendencia a las vanas abstracciones que denuncia Aristóteles, se esfuerza por plantear de manera racional la pregunta «¿Qué habría pasado si...?» y, a partir de los datos de los que dispone, juega a extrapolar. En este breve libro, me gustaría examinar algunas de esas rebeldías y de esas experiencias.

Hace un momento he dicho que si todo el mundo se recreara más o menos en ello, en todo caso siempre a escala individual, casi nadie escribiría ucronías. En realidad, no lo sé. Solo sé que nadie se ha encargado de inventariarlas de modo sistemático, que no existe una bibliografía sobre el tema, que la palabra no figura en el catálogo de materias de la Biblioteca Nacional y que, hasta ahora, tan solo Jacques van Herp (en un capítulo de su *Panorama de la science-fiction)* y Pierre Versins (también en un capítulo, magistral, de su *Encyclopédie de l'utopie, des voyages extraordinaires et de la science-fiction)* han explorado, de forma parcial, esta disciplina, de manera que mis fuentes son tan solo unos cuantos libros dispares, señalados por estos dos investigadores, encontrados al albur de mis lecturas, vinculados con el tema a través de tal o cual detalle de la trama y muy limitados en el tiempo y el espacio. La primera ucronía que detecta Pierre Versins data de finales del siglo XVIII; el resto pertenece a los siglos XIX y XX, y solo hablo de libros franceses y anglosajones. No hay prueba alguna de que alguien escribiera ucronías, ni obras que incluyan aspectos ucrónicos, antes de 1791 ni en otras lenguas. Pero a no ser que lea toda la literatura portuguesa del siglo XVI, no veo cómo puedo descubrir las ucronías portuguesas del siglo XVI, si es que existen. Así que tendremos que conformarnos con la parte que emerge de este iceberg literario, a la espera de estudios más consistentes.

A priori, me parece extraño que se escriban tan pocas ucronías o que sean tan poco conocidas; también me extraña que no se escriba sobre la ucronía. Confieso haber sentido una vanidad pueril al considerarme pionero en un ámbito del conocimiento, por ínfimo que sea este. También he sentido la leve paranoia que matiza esa vanidad, la sospecha de que, sin yo saberlo, el tema ya estaría controlado por especialistas que se me echarían encima en cuanto apareciese este trabajo de aficionado. Después de dudar primero y de estar convencido de haber levantado una liebre, de haber sacado a la luz un tema importante después, esperaba de su estudio enseñanzas inéditas. Enseñanzas sesgadas, implícitas, enseñanzas de mal informados, pero aun así enseñanzas, sobre la historia, la literatura y los sueños que las agitan. Porque, si lo pensamos bien, la ucronía no es un asunto desdeñable o, al menos, las cuestiones que plantea no lo son.

¿Qué es determinante en la historia humana? ¿Cómo representan los seres humanos la cadena de causas y efectos que, en esencia, conforma la historia? Y, de hecho, ¿consiste solo en eso? ¿Tiene una dirección? Si la tiene, ¿quién se encarga de que se respete? ¿Es posible desviarla? ¿De qué se componen nuestras añoranzas, cómo se tejen los hilos del tejido de nuestras vidas? Y, ahora, puesto que llegados a este punto se trata, nada menos, que de revelar el movimiento de los ágiles dedos de las Parcas, una pregunta más modesta: ¿qué pueden enseñarnos sobre tan augustos dilemas una docena de libros escritos por folletinistas, profesores de filosofía o *demi-soldes* mal repuestos de la caída de un imperio?* ¿Qué puede enseñarnos un nuevo librito que analiza este escaso corpus ante debates tan imponentes?

La respuesta es la siguiente: nada de nada. Y el doctor Horeb Naïm, a través de quien se expresa Papini, nos explica por qué:

> Tras proceder a un diligente inventario de todo lo que no sabemos, la Ignorética se propone repartir las cosas desconocidas en dos grandes categorías: las que presentan una fuerte probabilidad de ser descubiertas en un futuro más o menos lejano y las que probablemente nunca serán conocidas, ya sea porque responden a preguntas absurdas y mal planteadas, ya porque la inteligencia humana no posee los medios para revelarlas.

Por estas dos razones combinadas, la ucronía pertenece a la segunda categoría. Como máximo, puede transformar las preguntas que plantea en reglas de un juego mental, de un entretenimiento inútil y melancólico. Ha habido personas que han escrito libros sobre ella (pocas), otras que los han leído (pocas más, probablemente) y algunas que han decidido dedicar un libro a esos libros (en eso, creo

* Tras la abdicación de Napoleón, una ordenanza de mayo de 1814 retiró a un gran número de oficiales de primer orden. Se vieron confinados en sus domicilios y compensados con media paga (que es lo que significa literalmente el término «demisolde») por quedar «a disposición» del ejército. *(N. de la T.)*

ser el único). Los segundos justifican a los primeros y ambos al tercero.

En el mundo en que vivimos, en la historia en la que estamos encerrados, la ucronía se remonta a una pregunta absurda y mal planteada. Aristóteles tiene razón, no es otra cosa que el ensueño de un vegetal. Vale la pena leerla por su valor en sí, al margen de lo literario. No para conocer nuestro universo, sino el universo de sus autores. Para descubrir en ellos otras civilizaciones, otras batallas, otros libros, otros acontecimientos heroicos o cotidianos. La seriedad de la investigación no se ve mermada por el hecho de que su objeto no haya tenido posibilidad de existir. Las mismas razones nos empujan a emprenderla, el mismo resultado nos espera: el conocimiento desinteresado, que constituye una modalidad erudita del placer.

Supongamos el pasado –la suma de todos los acontecimientos que presuntamente han tenido lugar hasta el instante en que el cronista coge la pluma–, un pasado que, a medida que escribe, se llena de más y más instantes, pesa cada vez más sobre sus hombros y amplía en igual medida el ámbito de su intervención. Se trata de llevar a cabo una modificación, cargada de consecuencias, en este inmenso territorio, tan solo acotado por el presente fugaz y por los límites del conocimiento histórico.

Esta precisión es importante, porque, en realidad, toda obra de ficción, anticipe o no acontecimientos, modifica de alguna manera el pasado. Toda forma de narrativa roza la ucronía, en la medida en que integra elementos imaginarios en la trama de una historia conocida. La batalla de Waterloo no contó con los servicios de Fabrizio del Dongo. Stendhal desliza en ella un grano de arena foráneo y, en consecuencia, nos ofrece una versión de la historia «no tal como ha sido, sino tal como habría podido ser». No obstante, este agitador potencial que podría llevar a un grave desorden, por ejemplo, a un final diferente de la batalla, se mantiene impasible y no afecta al desarrollo de la historia tal como la conocemos.

Aun así, desde el momento en que alguien decide alterar de algún modo lo que sabemos del pasado, desde el momento en que escribe, sin mala intención, que «el primer martes del mes de julio de 1927, un joven de aspecto marcial recorría con largos pasos la explanada de Los Inválidos», o incluso que «la marquesa salió a las cinco», cosas que nunca han ocurrido o que al menos nunca se han verificado, entramos en una temporalidad dudosa, habitada por héroes imaginarios, y la ucronía no está lejos. La prudencia de los novelistas, que por regla general únicamente toman prestado de la historia, antigua o reciente, indicaciones de fecha, lugar y estado de la sociedad, suele ahorrarnos esos posibles desórdenes. La amenaza es mayor en las novelas históricas, cuyos personajes de ficción se codean con reyes, ministros y cortesanas, personajes estos que parecen forjar la historia, en ocasiones hasta el punto de contribuir a ella. Tales circunstancias desdibujan la frontera entre la ucronía y la historia novelada, una frontera que voy a intentar trazar con ayuda de un ejemplo clásico: el caso del hombre de la máscara de hierro.

La explicación más difundida considera al prisionero de Pignerol hermano mayor de Luis XIV,

Alejandro, hijo de Gastón de Orleans. Hacia el final de *El vizconde de Bragelonne,* de Alejandro Dumas, hay un brillante episodio en el que los mosqueteros, pagados por el superintendente Fouquet, sacan del lecho y secuestran a un falso hombre de la máscara de hierro, que no es otro que el verdadero Luis XIV. Aquí, Dumas hace estallar bajo su peso todos los grados de la escala a través de la cual se comunican la historia y la novela. Hay héroes absolutamente imaginarios (Athos, Porthos y Aramis, aunque los especialistas se empeñen en descubrirles modelos); otros cuya existencia viene acreditada por las crónicas, pero cuya relativa oscuridad ofrece al novelista un amplio margen de maniobra (D'Artagnan), y, finalmente, figuras históricas demasiado conocidas como para encontrar en su biografía muchas lagunas que permitan hacerlas hablar y comportarse de cualquier manera (Luis XIV). Que un grupo de los primeros secuestre a uno de los últimos no solo es dejar que la imaginación tome como rehén la historia, sino también acercarse enormemente a la ucronía.

No obstante, todo vuelve al orden: Luis XIV a Versalles, Alejandro a su prisión. Ahora, imaginemos. Esta fantasía se basa en la existencia de un hermano gemelo del rey. ¿Qué ocurriría si Dumas, sin tanto reparo, hiciese durar la sustitución y la convirtiera en un éxito? ¿Si el rey se quedara con la máscara y su hermano gemelo se sentase en el trono? La historia no cambiaría forzosamente por ello (aunque la desgracia de Fouquet no se explicaría entonces muy bien), pero no sería Luis XIV quien la hubiera forjado, sino otra persona. Los mosqueteros podrían haber sustituido con éxito al monarca por su hermanastro, el tonto de cualquier pueblo o un viajero del futuro: siempre que el impostor llevara a cabo los gestos cotidianos y la política que la historia atribuye a Luis XIV, siempre que no hiciera mentir a Saint-Simon, no cruzaríamos el umbral de la ucronía, al otro lado del cual la historia se vuelve completa y visiblemente distinta, sufre distorsiones irreversibles que cualquiera puede confirmar.

Del mismo modo, en *Seconde vie de Napoléon I,* de Pierre Veber (1924), Napoleón troca su destino, antes de zarpar a Santa Elena, con el de un marinero, y vive en Toulon, hasta los ochenta años, la vida de un apacible jubilado. La Restauración no resulta afectada; como tampoco ocurre en *Seconde vie de Napoléon (1821-1830),* de Louis Millanvoy (1913), en la que Napoleón abandona la isla en secreto y acaba sus días como rey de los cafres. Este último avatar ya es menos sutil, pero como solo altera la historia de los cafres y no la nuestra, no podemos decir que desvíe el curso del mundo.

Todavía tengo algunas cosas que decir sobre la historia novelada o secreta, pero, como estas reflexiones pueden fragmentarse sin sufrir por ello y, al fin y al cabo, el tema de este libro es la ucronía, me parece el momento, aprovechando que Pierre Verber y Louis Millanvoy me lo han puesto en bandeja, de hablar de una de las obras maestras del género, de la que ambos autores se apartaron con prudencia.

Publicada de manera anónima en 1836 con el título *Napoléon ou la conquête du monde. 1812 à 1832,* y reeditada con el nombre del autor en 1841 bajo el título, relativamente más conocido, *Napoleón apócrifo. Historia de la conquista del mundo y de la monarquía universal,* la primera ucronía de gran envergadura es obra de Louis-Napoléon Geoffroy-Château (1803-1838), hijo de un oficial del Ejército Imperial caído en Austerlitz. Juez del tribunal civil de París, Geoffroy solo dejó, además de este libro, un discurso de circunstancias, una edición de *La farsa de Maese Pathelin* y un relato con el atractivo título «El brahmán viajero». Preguntarse qué habría escrito si hubiera vivido más responde a una nostalgia que podría ser la suya. Pero es cierto que *Napoleón apócrifo* basta para garantizar su gloria, al igual que una serie de triunfos prematuramente interrumpidos garantiza la celebridad de sus héroes.

El prefacio del libro, que voy a citar por entero, lo sitúa de inmediato bajo el signo de la nostalgia y de la fe:

> Una de las leyes fatales de la humanidad es que nada alcanza su meta. Todo se queda incompleto e inacabado: los hombres, las cosas, la gloria, la fortuna y la vida.
>
> ¡Terrible ley, que mata a Alejandro, Rafael, Pascal, Mozart y Byron antes de cumplir treinta y nueve años! ¡Terrible ley que no deja fluir ni a un pueblo, ni una ambición, ni una exigencia hasta que hayan colmado su medida! ¡Cuánto no habremos suspirado

por esos sueños interrumpidos, suplicando al Cielo que los dejase terminar!

Y si Napoleón Bonaparte, aplastado por esta ley fatal, hubiera sido, por desgracia, vencido en Moscú, depuesto antes de los cuarenta y cinco años para ir a morir en una isla-prisión en los confines del océano, en lugar de conquistar el mundo y sentarse en el trono de la monarquía universal, ¿no sería algo que llenaría de lágrimas los ojos de quienes leyesen semejante historia?

Y si todo eso, por desgracia, hubiera acontecido, ¿no tendría el hombre derecho a refugiarse en su pensamiento, en su corazón, en su imaginación, para suplantar a la historia, para conjurar ese pasado, para llegar a la meta soñada, para alcanzar la grandeza posible?

Esto es lo que he hecho. He escrito la historia de Napoleón desde 1812 a 1832, desde Moscú en llamas hasta su monarquía universal y su muerte, veinte años de una grandeza que aumenta sin cesar, que lo eleva al apogeo de una potestad por encima de la que no hay nada salvo Dios.

He terminado creyendo en este libro tras haberlo acabado. Del mismo modo que un escultor que pone fin a su mármol ve en él un dios, se arrodilla y lo adora.

Tras este brillante manifiesto, viene el libro en el que Geoffroy creyó o quiso creer. Lo merece.

Todo empieza, en efecto, ante Moscú en llamas, en septiembre de 1812, pero, en lugar de batirse en retirada, de perder su ejército en el río Berézina, Napoleón se dirige a Petrogrado. Allí hace prisionero al zar Alejandro, también a Bernadotte, y restablece el antiguo reino de Polonia, del que Poniatowski se convierte en soberano. Esto, «para que las naciones rusas comprendan que por encima de su zar había un poder absoluto aún más formidable: Napoleón, entre Alejandro y Dios».

Una vez instaurada esta jerarquía, el emperador regresa a Francia, donde María Luisa acaba de darle un hijo, Gabriel Carlos Napoleón, que él nombra por decreto rey de Inglaterra. Deseoso de ver el decreto aplicado de inmediato, conquista Inglaterra. En esta ocasión, se encuentra con el exiliado Luis XVIII, a quien ofrece, no sin condescendencia, un reino a su medida: la isla de Man. (En 1824, sin que el acontecimiento causara mucho revuelo, el conde de Artois se proclamó allí rey de Francia, con el nombre de Carlos X.)

A su regreso de Roma, cuyo mapa rehace por completo, Napoleón pasa por Suiza y aprovecha para visitar a uno de sus más encarnizados adversarios, Madame de Staël. «Vuestro talento –le dice– es poder, señora, y deseo tratar con vos.» La señora de Coupet rompe a llorar y confiesa al emperador que, en secreto, le rinde culto. Se abrazan y Napoleón la llama duquesa.

–Su Majestad ha dejado caer un título...

–Lo elevo hasta vos, señora.

Así conquistada, Madame de Staël escribe después un *De l'Angleterre,* que es una apología del emperador, mientras que Walter Scott, en Francia y en francés, compone su novela histórica *Richelieu,* y Chateaubriand, convertido en duque de Albania, su *Histoire générale de la France* (1821). Señalemos, para completar este retablo de la literatura, que *De l'esprit* (1827), de Henri Beyle de Stendhall (sic), irrita a Napoleón hasta el punto de exiliar en Roma a su autor, quien allí escribe los doce volúmenes de su *Histoire de la peinture en Italie,* concienzuda tarea que lo exime de pensar en fútiles novelas y le permite dar a conocer un patrimonio en adelante nacional.

Napoleón mete en vereda a toda Europa. El fracaso de la coalición del Nordeste, en 1817, aplasta definitivamente la revuelta de los reyezuelos frustrados. «Solicitamos de su Majestad el tratado que se digne ofrecernos» dice con humildad, en Dresde, el derrotado rey de Suecia. «¡Nada de tratados! –responde el emperador con voz tronante–. ¡Órdenes!» Y, poco después, ante el Arco de Triunfo de la plaza de la Estrella, completamente cubierto por el bronce de los cañones arrebatados en la última guerra, Napoleón, emperador de los franceses, se convierte oficialmente en soberano de Europa (decreto aparecido en *Le Moniteur* del 15 de agosto de 1817).

Siguen años de paz y de bienestar doméstico. Tras la muerte de María Luisa, Napoleón se casa en segundas nupcias con Josefina, acontecimiento que llena de alegría a sus súbditos, que siempre han sentido un gran apego por ella. «Después de haber hecho tanto por el Imperio y por Europa», declara el joven novio, «he logrado hacer algo por mí: recuperar a mi querida Josefina.»

Salvo por la breve expedición a Argelia, que permite unir el litoral africano al Imperio, estos años pacíficos están dedicados a grandes obras (un completo sistema de caminos y canales por toda Europa) y están marcados por la prosperidad económica (como las arcas del Imperio están llenas, el emperador suprime los impuestos) y por el progreso científico. En 1819, Bichat, Corvisart y Lagrange descubren el secreto de la vida y de la muerte. Geoffroy no concreta demasiado acerca de la naturaleza de tal secreto, pero como, «agotados tras este esfuerzo último de las facultades humanas, los tres grandes hombres murieron poco después», pone en boca de un Lagrange agonizante esta frase admirable (sus discípulos habían intentado reanimarlo): «¿Por qué me habéis molestado? Estaba estudiando mi muerte.»

Este descubrimiento, y otros más, perfeccionan a los hombres:

> Fulano de tal, cuya muerte era segura, fue devuelto a la vida. La ceguera y la sordera se podían curar. Las lentes ofrecieron a la vista el discernimiento microscópico y el alcance de los telescopios. Los gases aportaron al olfato nuevos recursos para disfrutar de los olores con sensaciones desconocidas. El gusto mismo adquirió mayor delicade-

> za, y la ciencia, aumentando así los placeres humanos, acercó a los hombres un poco más a la felicidad. [...] El vapor creó fuerzas sobrenaturales y centuplicó las fuerzas ya conocidas. Los vehículos volaban con la celeridad del rayo por los caminos de fuego y recorrían entre dos puestas de sol los bordes de Europa. [...] Nuevas máquinas levantaron colosos y peñascos, excavaron la tierra, detuvieron e impulsaron las olas, aplanaron las montañas e incluso controlaron la atmósfera, en la que ahuyentaban nubes y disipaban tempestades mediante prodigiosas detonaciones. [...] La lengua de las cifras que había soñado Leibniz fue descubierta y aplicada. El pensamiento tuvo su álgebra. Al volverse más rápido, necesitó de instrumentos a medida de su celeridad: máquinas de teclas, pianos de escritura que formulaban con la máxima rapidez el pensamiento apenas surgía del alma.

Pero el emperador estaba cansado de dormirse en sus laureles. «Después de haber hecho tanto por los pueblos, quiso hacer también algo por la propia Europa. La amplió. Y, ciertamente, la idea era nueva.»

Al principio, la expedición a Egipto tan solo es una caminata, un peregrinaje de Napoleón siguiendo sus propias huellas. La gente esperaba que pronunciase de nuevo una frase histórica ante las pirámides, «pero ahora le parecían más pequeñas y no dijo una palabra». Por lo demás, este peregrinaje no está exento de melancolía, tanto para el héroe como para el autor. «Antes de llegar al istmo de Suez, reconoció emocionado las fortificaciones de Salanieh y de Belbeis, que durante la primera guerra había ordenado levantar al jefe del cuerpo de ingenieros Geoffroy. Esas grandes obras seguían existiendo. Napoleón recordó a ese oficial a quien tanto había apreciado y que había muerto demasiado joven en Austerlitz. Con el corazón en un puño ante aquella vista, recordó al valiente y sagaz militar con añoranza: «Si Geoffroy estuviera aquí...», dijo.

La segunda derrota en San Juan de Acre está a punto de arruinarlo todo, pero la toma de Jerusalén y, después, la conquista de La Meca devuelven al conquistador al tablero de juego. «Asia occidental vio que el reinado de Mahoma había acabado y que el nuevo profeta, a quien llamaban Buonaberdi, había llegado de Occidente.»

A orillas del Éufrates, el nuevo profeta localiza los yacimientos de Babilonia y de la Torre de Babel y los extrae de las arenas. El joven Champollion, que lo acompaña, se queda pasmado. Después, el emperador da caza al león en Kabul, somete Persia, Tartaria, la India, Birmania. Los birmanos le regalan dos unicornios vivos, que se aclimatan sin problemas y se reproducen en Francia, hasta el punto de convertirse en animal familiar.

Esté donde esté, Napoleón no olvida la lejana Europa. «A quien obtenía una concesión para construir una fábrica en algún río de Francia o de Italia, le resultaba extraño que el permiso imperial llegara desde Tartaria o el Indostán.»

Los chinos se rinden sin combatir, pensando que esta conquista solo será, en su historia, un accidente resuelto con rapidez. Se equivocan:

> Para ellos, Napoleón no era más que una vigesimosegunda dinastía que registrar en sus anales, detrás de las anteriores. Pero Napoleón no quería estar detrás de nada. Si hubiera podido destruir la historia y el pasado, lo habría hecho. Así que les dio a conocer, por primera vez, lo que es una revolución.

Este sueño de tabla rasa, de erradicación del pasado –y, con mayor audacia aún, de los presentes compatibles–, se ve ilustrado de nuevo en dos ocasiones durante el regreso de la campaña de Asia (las conquistas de Japón y de Oceanía, en las que no voy a detenerme).

De regreso a Europa por mar, antes de admirar el cabo de Tenerife, que, esculpido bajo la dirección de David, ahora representa su efigie con una altura de diez mil pies, el emperador costea la isla de Santa Elena y, de manera inexplicable, se sume en una profunda postración. Un año más tarde, ordena la evacuación de los habitantes del islote y lo hace explotar por los aires, de modo que desaparece de la faz de la tierra. «¿Qué motivó la condena a muerte de una isla a manos de un hombre? –se pregunta Geoffroy–. ¿Fue capricho, recuerdo, horror, temor supersticioso? ¿Quién sabe?» (En todo caso, sabemos que uno de los cuadernos de colegial del joven

Bonaparte terminaba con esta abrupta nota: «Santa Elena, pequeña isla.»)

Otra medida simbólica, aunque menos ambigua: para festejar el retorno del conquistador, los habitantes de Ajaccio arrasan su ciudad, con el objetivo de que nadie pueda volver a nacer en ella.

Paso por alto algunos detalles militares. Ante el éxito de la campaña de África (junio de 1825-marzo de 1827), América decide tomar la delantera y se alía con el Imperio por decisión unánime del Congreso. Ya no falta nadie. La monarquía universal es una realidad, y se decreta el 4 de julio de 1827. Algunas reformas completan la unificación.

En cuanto a las religiones, los judíos dan ejemplo renunciando a la suya, tras un último Sanedrín. El Concilio Ecuménico de París funde todas las confesiones en una, la católica. En cuanto a los idiomas, sucede lo mismo: «La lengua francesa fue desde entonces la lengua de Dios, como ya lo era del mundo.» En lo tocante a las razas, cierto retraimiento frena la inspiración de Geoffroy, tanto menos explicable cuanto que los expertos habían elaborado un excelente proyecto que permitiría homogeneizar el color de la piel, es decir, blanquear a todo el mundo. Como harían falta al menos siete generaciones para llevarlo a cabo, el emperador renuncia a él, pero, aun así, su honor está a salvo: no lo ha hecho porque no ha querido.

En este momento ocurre algo extraño. El día en el que se decreta la monarquía universal («un día hermoso y puro, como todos los días imperiales»), el general Oudet pide audiencia al emperador, lo acusa de tiranía y se suicida en su presencia. «Era valiente, pero estaba loco», comenta el emperador. Al día siguiente, otros cinco militares se vuelan los sesos sobre la tumba del rebelde. «Ellos eran los únicos que quedaban de la falange de los hombres libres –dice Geoffroy– y ya no quedó en la tierra ni hombre ni palabra para expresar la idea de libertad.» El autor parece considerar afortunado que el mundo se deshaga de ese molesto prejuicio, alegrándose sin ironía de que «había una política, permitida tan solo al emperador: era la policía, inmensa red que abarcaba el universo, que todo el mundo sentía y que nadie se atrevía a vislumbrar». Esta mezcla de utopía totalitaria y de inspiración jovial (los pianos de escritura me parecen dignos de Fourier) no es la menor paradoja de la obra.

El 5 de agosto de 1828 tiene lugar la segunda Coronación. Según la fórmula del papa Clemente XV (antaño cardenal Fesch, tío de Napoleón): «Dios os consagra a través de mis manos monarca universal de la tierra. ¡Que Su nombre sea adorado, que el Vuestro sea glorificado!» Para la ocasión, el cielo se inflama. Dos estrellas del cinturón de Orión, tras un resplandor terrible, se extinguen para siempre. Esta doble nova (recordemos que el nacimiento de Cristo solo requirió una) marca el apogeo de la carrera imperial. En un mundo pacificado, feliz y policial, el 23 de julio de 1832, Napoleón sucumbe a un repentino ataque de apoplejía, a los sesenta y dos años, once meses y diez días.

Me ha parecido útil resumir esta ucronía triunfante y triunfal. Ucronía asimismo naif, que convierte a Geoffroy en una especie de cartero Cheval del género; ucronía de Épinal; ucronía tratados-y-batallas, a veces tan pesada como los libros de texto de historia, donde se leen todas las constantes que desarrollarán autores más sofisticados. En primer lugar, el componente afectivo: formado en el culto al emperador, Geoffroy no puede hacerse a la idea de su caída, que considera un agravio personal. Después, la certeza de que la historia que relata es la correcta y habría sembrado la armonía entre los hombres. Y, por último, indisociable, la idea de que la otra, la que conocemos, es la errónea, de que es importante exorcizarla, acallarla y arrancar por todos los medios sus raíces.

Y, sobre todo, algo conmovedor: como no puede hacer que la historia incorrecta no haya ocurrido, ni que los hombres la ignoren, Geoffroy, solo contra todos, va a esforzarse por desacreditarla.

Al regreso de la campaña de Asia, justo después del episodio de Santa Elena, Geoffroy intercala un capítulo especulativo titulado «Una supuesta historia», en el que denuncia al

> novelista culpable que habría asumido como tarea propia insultar a un gran hombre y envilecer su patria, fabricando para la posteridad no sé qué patrañas execrables y ruines, cuya deshonra debe recaer sobre su autor. Los lectores pueden adivinar, sentir que quiero hablar de esa fabulosa historia de Fran-

> cia, desde la toma de Moscú hasta nuestros días, de esa historia admitida por no sé qué capricho, que se encuentra en todas partes, reproducida en todos los formatos posibles y difundida hasta el punto de que, en los siglos venideros, la posteridad dudará de si esa novela no es la historia. Y, dejando en suspenso mi gran narración, entre Asia, que acaba de caer, y el resto del mundo, que va a sucumbir a su vez, voy a contar dónde entrenó su imaginación el autor anónimo de esa mentira.

Viene entonces el relato de la caída del Imperio, del Berézina y de la isla de Elba, el paréntesis de los Cien Días, en cuyas páginas Geoffroy señala un arrebato de honestidad por parte del calumniador, que después vuelve a sumirse en su perversa fantasía imaginando Waterloo, Santa Elena, a Hudson Lowe... Geoffroy salpica la crónica de esta pesadilla de «¡Horribles imposturas!», de «¡Dios mío, todo eso es tan falso como absurdo!» y de interjecciones de rabia, antes de concluir:

> Y eso es lo que el embustero ha hecho de Napoleón y de la historia, y a pesar de ese inaudito caos de bobadas y de bochorno, no sé qué antojo lo ha aceptado con un interés del que apenas es consciente. Esas cosas se recuerdan con complacencia en las conversaciones y en los libros, hemos llegado al punto de dotarlas de una imprecisa creencia que les otorga un barniz de realidad. Pero, para un historiador, es un deber repudiar todos esos cuentos y decir

al mundo en voz alta que esa historia no es la historia, que ese Napoleón no es el verdadero Napoleón.

«No sé... no sé», alega Geoffroy, empecinado. En realidad, lo sabe perfectamente, pero, aun así, finge no darse por vencido. Para el ucronista, el último cartucho es infiltrar en nuestra mente, y en la de nuestros lejanos descendientes para quienes la epopeya napoleónica y su derrota tal vez sean algún día tan oscuras como la prehistoria, la sospecha de que lo que nos cuenta bien podría ser verdad y la versión oficial, si todavía existe, pura mentira, ignorante o ponzoñosa. Es una apuesta por la posteridad, sea cual sea su fecha de vencimiento; una bomba de relojería que, con el tiempo, podría cambiar la historia. Cambiar lo que se supone que ocurrió y, por tanto, lo que ocurrió (este *por tanto* es discutible, más tarde volveré sobre él). Geoffroy imagina que un día alguien leerá su *Napoleón apócrifo* y sentirá malestar al preguntarse «¿Y si fuera cierto?». Mi inclinación personal no me lleva a lamentar la caída del Imperio, pero para que los pianos de escritura fuesen reales y, sobre todo, para que Geoffroy no hubiese escrito en vano, me avendría encantado a que una monumental estatua del emperador adornara en la actualidad el pico de Tenerife. Y si mi breve libro reivindicase algún mérito, este sería servir de intermediario a tan ferviente mistificación.

Es evidente que sus posibilidades de triunfar algún día son mínimas, pero sería excesivo no concederle ninguna. Piénsenlo. Piensen en las lagunas de su cultura, pregúntense lo que saben, por ejemplo, de la usurpación de Avidio Casio, durante el reinado de Marco Aurelio y si sería imposible hacer que se tragaran una versión apócrifa acerca de ello. Sí, hay bibliotecas, enciclopedias, pero un cataclismo podría destruirlas.

Y aunque las mismas sobrevivieran, ¿acaso es razonable tener una fe ciega en ellas? Y, al revés, ¿acaso es irracional especular sobre la ignorancia o, más bien, la legítima desconfianza del público?

Aquí es donde la historia secreta, que he intentado distinguir de la ucronía por mi afán de poner un poco de orden, podría acudir en ayuda de esta última, si esta última se aviniese a hacer trampas.

No voy a establecer aquí el florilegio de sus denuncias. Por regla general, proporciona a la historia interpretaciones irrefutables, unívocas, de una coherencia temible. Todo, es decir, todo lo que hace que las cosas vayan mal, ha sido una maquinación de los jesuitas, los masones, los judíos, cualquier otro. Eran ellos quienes movían los hilos, formaban y deshacían gobiernos, controlaban los mercados, y la buena gente no tiene ni idea, hay que informarla. Conspiraciones, criptocracias, asuntos folletinescos en el mejor de los casos y, en general, todo cuestiones pesadas y desagradables.

Pero también podemos suponer que la perfidia de las apariencias, una interpretación errónea de las fuentes o su deliberada falsificación hayan engañado a los historiadores y que los propios hechos se hayan desarrollado de manera muy distinta a la que los mismos describen. Ha ocurrido: durante siglo y medio, la historia del arte se basó en la fidelidad a un autor napolitano que, en 1743, inventó por completo los nombres, las fechas y las obras de los artistas del sur de Italia. Las dudas que algo así conlleva pueden dar lugar a una historia secreta anodina (no fue Luis XVI quien murió en la guillotina, sino un don nadie que se le parecía; Napoleón fue emperador de los cafres), a demostraciones de maniacos como Faurisson o, yendo un poco más lejos, a una impugnación global de la historia. Y, por tanto, a una posible validación de la ucronía.

Para burlarse de las exigencias, siempre en aumento, de la crítica de las fuentes, el historiador inglés Whatelay escribió en su momento un folleto irónico titulado *Dudas históricas sobre Napoleón Bonaparte.* Es bueno prestar oído únicamente a las fuentes contrastadas, pero ¿acaso existen fuentes contrastables? Una vez establecida la autenticidad de un documento, ¿qué prueba tenemos de que su autor no cuenta lo primero que le pasa por la cabeza? ¿La comparación con otros documentos? Eso es ser muy confiado. Cabe imaginar que varios autores se podrían haber puesto de acuerdo para urdir una trama destinada a los historiadores posteriores o, bajo la presión de tal o cual poder, para preservar un secreto que alguien deseaba ocultar a las generaciones futuras.

Cierto es que la paradoja, como todas las paradojas, como la de Zenón, no tiene aplicación alguna en la realidad, donde los héroes griegos dejan atrás fácilmente a las tortugas, donde mil testimonios que coinciden sobre la coronación de un emperador bastan para ganar la adhesión del historiador más desconfiado, pero, como paradoja, se sostiene. Y si alguien quisiera mostrarse absolutamente crítico respecto a sus fuentes, debería dudar antes o después de la existencia misma de Napoleón Bonaparte. (Dicho sea de paso, la opinión de que Napoleón nunca existió fue defendida también en 1836, el año en que se publicó el libro de Geoffroy, por J. B. Pérès, aunque no por las mismas razones que Whateley. Según Pérès, Napoleón tan solo es una figura alegórica, la personificación del Sol. Su nombre deriva de Apolo, su apellido significa la buena parte, es decir, la luz que se opone a las tinieblas, tuvo tres hermanas (las tres Gracias), cuatro hermanos (las cuatro estaciones), doce mariscales (los doce signos del Zodiaco), dos esposas (la Tierra y la Luna), de las cuales solo la segunda le dio un hijo (Horus); encontró la gloria en el sur y la derrota en el norte, siguiendo la curva del astro, y, en fin, concluye misteriosamente el autor, «podríamos aducir en apoyo de nuestra tesis un gran número de disposiciones reales cuyas fechas contradicen con claridad el reinado del supuesto Napoleón, pero tenemos nuestros motivos para no hacer uso de ellas».)

La generalización de semejante desconfianza nos lleva a preguntas extrañas. ¿Qué nos asegura que la historia universal, desde los hombres de las cavernas a las elecciones municipales más recientes, no es un gigantesco trampantojo, fruto de una conspiración milenaria, urdida por sucesivas generaciones de acólitos, que se han ido turnando sin cesar con el perverso objetivo de tergiversar la realidad a medida que esta ocurre? ¿Qué nos asegura que toda historia no es una historia secreta, completamente diferente, no sostenida sobre la interpretación o el escándalo, sino en los hechos? ¿Que, por ejemplo, lo que la ficción que nos enseñan llama Europa no seguía siendo, hace un siglo, un terreno baldío poblado por hordas bárbaras que luchaban por su sustento a golpe de garrote? ¿Que incluso lo que sabemos de nuestra historia individual no está también moldeado por la imaginación o el engaño de los sentidos? En tal caso, la ucronía tiene una posibilidad de ser cierta. O, más bien, todas las ucronías.

Pero pierde el crédito que acababa de garantizarse cuando llegamos a la formulación más radical de la paradoja, porque no basta con decir que la historia miente, que es un tejido de pamplinas entre cuyos pliegues oculta una realidad miserable o esplendorosa, pero, en cualquier caso, diferente. Si tomamos ese camino, la historia, sencillamente, no existe. Tanto la memoria colectiva como la memoria individual obedecen a las leyes de la anamnesis. Creen en una evolución que nunca ha tenido lugar, que solo existe en el mundo de las ideas. Bertrand Russell *(The Analysis of Mind)* sostiene que nuestro planeta fue creado hace un instante y que está poblado por una humanidad que cree recordar un pasado ilusorio. Y entre las innumerables pizcas de presunto saber, de presunta historia, que componen esta ilusión, el propio Russell, antes de resignarse a ser uno más entre las masas, tuvo que recordar el ingenioso argumento que hacía cuarenta años planteara Philip Henry Gosse para reconciliar a Darwin con la Biblia, al espíritu del Génesis con los descubrimientos de la paleontología. La historia del mundo, dijo, está compuesta por una sucesión implacable de causas y efectos. El estado A produce el estado B e implica el estado Z. Y, a la inversa, el estado Z supone el estado A. No obstante, Dios es perfectamente capaz de detener la historia, por ejemplo, en el estado T. A la vez, pudo no haber creado el mundo hasta el estado E. Pero los estados A, B, C y D no quedan anulados por ello. La humanidad y la naturaleza los recuerdan sin que hayan existido. El primer instante del mundo, la Creación, no solo implica un futuro, sino también un pasado, y Adán, en esta hipótesis, tiene ombligo, aunque ningún cordón umbilical lo haya unido jamás a ninguna madre. Y del mismo modo encontramos esqueletos fosilizados de animales prehistóricos que no vivieron nunca, puesto que la época de su vida es anterior a la Creación.

Pero basta de risas. Esta broma epistemológica no va más allá y, en la práctica, el peso de una memoria ilusoria no es menor que el de una memoria fiel. Así que, antes de llegar a ese extremo, que le perjudica tanto como cualquier otro, el ucronista da marcha atrás. En lugar de concluir que la historia no existe, prefiere, si es razonable (pero de hecho no lo es, es perverso), convencerse a sí mismo de que la historia es engañosa, errónea, y que puede convencer a los demás de tal engaño sustituyéndola por su historia. No es una pretensión insensata. Solo requiere medios de los que un mero particular no dispone, pero el Estado sí.

La historia, sobre todo en los regímenes totalitarios, ha adoptado a veces el modelo ucrónico y ha mostrado mucha más audacia que la que necesitan las tímidas tentativas de «desinformación» que los polemistas liberales denuncian en nuestros días. Por ejemplo, conocemos los minuciosos recortes que en 1924 permitieron la desaparición de Trotski de las fotografías en las que aparecía junto a Lenin y, en general, de toda la epopeya revolucionaria. Quizá no seamos tan conscientes de que cuando Beria fue detenido en 1953, la *Gran Enciclopedia Soviética,* cuyos nuevos fascículos recibían cada mes los miembros del Partido, seguía incluyendo una larga y elogiosa entrada sobre este ardiente amigo del proletariado; en el mes que siguió a su desgracia, los abonados recibieron con la nueva entrega una circular que les rogaba recortar con una hoja de afeitar la entrada sobre Beria y sustituirla por otra entrada, incluida en el sobre, que hablaba del estrecho de Bering.

Podemos fantasear sobre esta desviación espacial, esta sustitución de un hombre por un lugar –más bien una distancia–, e imaginar las heladas extensiones del estrecho pobladas por campesinos y pueblecitos de opereta, parecidos a los que, dos siglos antes, colocó Potemkin a lo largo del recorrido de Catalina II: la emperatriz había expresado el deseo de visitar sus campiñas y él temía que la realidad le causara muy mala impresión.

Estos virajes, estos borrados, estos trampantojos son instrumentos de poder, y Simon Leys, que denunció algunos realmente espectaculares en la China de Mao, cita con acierto a Orwell:

> Si consultamos la historia de la última guerra [la Primera Guerra Mundial], por ejemplo, en la *Enciclopedia Británica,* veremos que una parte considerable del material procede de fuentes alemanas. Un historiador británico y otro alemán podrían disentir en muchas cosas, incluso en las fundamentales, pero sigue habiendo un acervo de datos neutrales, por llamarlos de algún modo, que ninguno de los dos se atrevería a poner en duda. Lo que destruye el totalitarismo es esta convención de base, que presupone que todos los seres humanos pertenecemos a una misma especie. La teoría nazi niega de forma específica que exista nada llamado «la verdad». Tampoco, por ejemplo, existe «la ciencia», en el sentido estricto de la palabra: lo único que hay es «ciencia alemana», «ciencia judía», etcétera. El objetivo tácito de tal argumentación es un mundo de

pesadilla en el que el Líder, o la camarilla gobernante, controla no solo el futuro sino también el pasado. Si el Líder dice de tal o cual acontecimiento que no ha sucedido, es que no ha sucedido.

(*Homenaje a Cataluña,* 1943.)

En diciembre de 1961 apareció en *France-Observateur* un cuento de Navidad firmado por Edgar Morin y titulado «El camarada Dios». Relataba que Stalin no había muerto en 1953, que las purgas habían continuado a un ritmo desenfrenado y que en 1961 se había reconocido que el padrecito del pueblo era Dios. Este boceto ucrónico sirvió, sobre todo, como pretexto para una sátira cuyo do de pecho fue el comunicado de prensa que detallaba las reacciones francesas. (Editorial de Aragon en *Les Lettres françaises:* «¡Lo sabíamos!»; artículo de Sartre: «¡Obligado a ser Dios! Esta idea, aunque fetichistamente abstracta, es totalitariamente concreta»; telegrama del general De Gaulle: «Le felicito por una promoción que nos permite emprender un diálogo en condiciones de igualdad», etcétera.) No obstante, omitió señalar que los poderes del Guía, el Führer o el Gran Timonel sobrepasan los del Todopoderoso, puesto que el primero, no contento con reformar las matemáticas afirmando, como en Orwell, que dos y dos son cinco, se arroga el privilegio que santo Tomás de Aquino le negaba al segundo: hacer que lo que ha sido no haya sido. Y viceversa.

(No quisiera abandonar la historia real sin recordar, de paso, esta obviedad: la ucronía es a veces un instrumento de poder; muy a menudo, a menos que se indique lo contrario, también es un modo de discurso político. El argumento «si me hubieran escuchado, si hubieran votado por mí, no habríamos llegado a esta situación, pero todavía podemos recuperarnos» inspira tanto la más lúgubre demagogia como otras representaciones más radicales. No voy a dar ejemplos del primer caso, pero voy a poner a Marat como ejemplo del segundo. La Asamblea de los girondinos quiso arrestarlo en 1792 por ser demasiado sanguinario. Para hacernos una idea del ambiente de aquel entonces, recordemos que Marat solo consiguió callar a los diputados colocándose una pistola en la sien antes de sostener lo siguiente: «Decís que estoy sediento de sangre. En 1789, pedí quinientas cabezas. Nadie me hizo caso y hubo cinco mil muertos. En 1791, pedí cinco mil cabezas. Nadie me hizo caso y hubo cincuenta mil muertos. Hoy pido cincuenta mil cabezas, para evitar que mañana rueden quinientas mil. Y todavía hay quien duda de mi filantropía.»

Comparado con el Gran Hermano, que puede crear en el lenguaje, la conciencia, la memoria –y entonces, ¿qué importan los hechos?–, una guerra ajena capaz de movilizar las energías de los habitantes de la Oceanía, el ucronista aficionado se encuentra, en el mejor de los casos, en la posición de los soldados japoneses olvidados en un atolón del Pacífico, convencidos de que la guerra continúa. Para consolarse, siempre puede hacer jugar a su favor la ley medieval de la «mejor parte», según la cual, en los conventos, una convicción ferviente vale más que diez oposiciones tibias. Pero, sin autoridad y sin medios, un don nadie no puede aspirar a que sus semejantes compartan sus puntos de vista y sus deseos retrospectivos.

El utopista es más afortunado. En la esperanza de Fourier –que un día llegará un mecenas a su lugar de encuentro cotidiano en el Palacio Real y le proporcionará los medios necesarios para construir su utopía en este mundo–, hay candidez, pero no falta de realismo. La esperanza de alguien como Geoffroy, solo contra todos, es, por fuerza, más tenue. No inexistente, como ya hemos visto, sino fuera de su alcance. ¿Qué puede hacer? Bien pensar que algún día le creerán, que su *Conquista del mundo* sustituirá a la supuesta *Supuesta historia,* bien arremangarse y destruir hasta el último rastro de esta última. Iniciar un trabajo hercúleo, es decir, adentrarse en la locura.

Creo que hay un personaje al que deben de imaginar quienes frecuentan las bibliotecas cuando descubren una obra mutilada, a la que le faltan páginas y a veces capítulos enteros: el monomaniaco discreto, furtivo, que pide perdón si le pisan el pie, que elige todos los libros que amenazan su frágil equilibrio mental y se asegura de que nadie lo mira para sacar de su amplio gabán su regla de veinte decímetros con la que arranca limpiamente, sin que nadie lo note, los pasajes polémicos. En las librerías también intenta hacerse con todos los ejemplares en circulación de esos libros que atestiguan la historia que él condena, y cada volumen quemado o censurado, cada historiador asesinado (pues es donde estamos) es un paso más hacia la rehabilitación del pasado que debería haber sido.

Parece que algunos autores proceden a tales holocaustos con sus antiguos libros, que lamentan, años después, haber publicado. Otros acaban por crear la existencia bibliográfica de libros que nunca han escrito a fuerza de mencionarlos. Así, perfeccionando la práctica de Carlyle y de Marcel Schwob, Jorge Luis Borges construyó un sistema que mezclaba la pereza y la erudición y enriqueció la literatura universal con obras nada desdeñables de Pierre Ménard, Herbert Quain y –al menos se esforzó por avalar esta tesis– Jorge Luis Borges. Así, desde que el novelista norteamericano Howard Phillips Lovecraft y sus amigos basaron sus novelas fantásticas en una mitología y un corpus de textos sagrados imaginarios, en todas las bibliotecas del mundo entra con regularidad gente que pide los *Manuscritos pnakóticos* o el espeluznante *Necronomicón* del árabe loco Abdul Alhazred.

Las mistificaciones literarias y las bibliografías inventadas son transgresiones demasiado menores para ser calificadas de ucrónicas: no tienen apenas posibilidades de afectar el curso de la historia. Pero indican, si observamos todos los callejones sin salida, un camino secundario para el ucronista que desea pasar a la acción, imponer su versión de los hechos en lugar de consignarla solamente. Para tomar ese camino basta con ser modesto y no emprenderla contra peces demasiado gordos.

Suprimir cualquier rastro de la derrota de Waterloo es una ambición excesiva y delataría la locura de quien la albergase. Visto lo visto, para eso más valdría irse a vivir a Inglaterra, donde Waterloo es una victoria, y purgarse del sentimiento expresado por Alphonse Allais de que todas las calles inglesas, o las estaciones de tren, tienen nombres de derrota. Por el contrario, es menos aparatoso resucitar a un soldado desconocido caído en el campo de batalla o matar a otro que logró sobrevivir. Como máximo hay que falsear registros civiles, documentos familiares o dar con algún libro de memorias olvidado desde hace mucho pero que, si se exhumara, podría hacer fracasar la operación. Es poco, es muy factible y, además, tales procedimientos resultan familiares a los criminales que amañan sus coartadas o a las familias mojigatas que ocultan la existencia de una hija que es madre soltera. Día tras día, cada cual apuntala con semejantes imposturas la novela de su vida o de sus orígenes y, si no busca las pruebas capaces de desenmascararla, suele ser porque no existen. ¿Quién podría demostrar que ese hijo de burgués no es, como cree, un vástago de sangre real, víctima de un cambio de cunas?

La ucronía podría ser también el nombre pedante de tales falsificaciones, modestas, individuales y soterradas. Pero así, al abarcar demasiado y cubrir todo lo que, por comodidad, llamamos «contarse cuentos», pierde una fuerza que, de manera paradójica, solo se manifiesta si se presentan pruebas en contra. Mejor aún: pruebas más sólidas que ella. Ser ucronista, incluso a nivel privado, es precisamente estar solo contra todos, no poder granjearse la aprobación de los demás, del sentido común, de la memoria compartida.

Superado cierto umbral de secreto, de indemostrable, el ucronista está como pez en el agua en la comodidad de una certeza que nada puede mermar y, en ese momento, deja de ser ucronista. Se ha perdido la tensión que lo enfrentaba al mundo, a lo real, en una batalla donde lo que está en juego se define por el imposible equilibrio de las fuerzas, el movimiento pendular que se ciñe sucesivamente a la una o a la otra, la realidad, el capricho, sin jamás poder detenerse en ninguna. «Lo sé, pero aun así...»: toda la ucronía cabe en este vaivén y se marchita en cuanto se asienta, por poco que sea, en el lado del capricho –en cuyo caso uno está loco y es mucho más sencillo– o en el lado de la realidad, con la que se puede transigir, cuya riqueza de datos indemostrables permite mimar, sin causar daños ni levantar escándalo, una pequeña convicción íntima con la que nada llega a chocar y que no choca con nada. Tanto el hombre vestido con un redingote gris y la mano sobre el estómago que se cree Napoleón como el hombre que interpreta los archivos familiares en los que anda metido y se cree descendiente de Napoleón están parados, bloqueados al final del trayecto, y muy tranquilos, mientras el péndulo ucronista oscila sin cesar y el ucronista está a la vez en misa y repicando, como un ludión atraído por dos polos, la verdad que reconoce y la fantasía que desea, y su mero deseo tiene peso suficiente para que el insostenible equilibrio se mantenga.

Hace falta una especie de heroísmo mental, del que la elasticidad es tan solo un aspecto, para practicar un ejercicio semejante, perseverar en una ilusión sin engañarse sobre ella, escribir algo cuando uno sabe que el simple hecho de escribirlo lo desmiente. Creo que en términos psicoanalíticos este enfoque se llama negación y que quien lo adopta recibe el nombre de perverso y fetichista, porque salvo que uno se adentre en la locura, la negación de la realidad se salda con la adopción de un fetiche, encargado de representar y a la vez de alejar la insoportable contradicción. En este sentido, toda especulación ucrónica es un fetiche. Y, en la medida en que protege la «razón» del sujeto, todo fetiche actúa. Como el ucronista es perverso, no está loco, no puede estarlo. Por eso, a pesar de lo que puedan haber sugerido las páginas anteriores de este libro, no creo que Geoffroy, prestigioso magistrado, confiara ni un solo instante en el éxito de su subterfugio. Incluso a muy largo plazo, incluso si se le pasó por la cabeza la idea de que nuestras civilizaciones son mortales y, tras el naufragio de la nuestra, su libro podría ser el único vestigio de la epopeya imperial, una botella arrojada al mar más afortunada que los contenedores atiborrados de verdad histórica, condenados a hundirse hasta el fondo.

No lo creo y, sobre todo, este es el punto esencial, no creo que esa confianza le hubiera bastado. Si la ucronía desdeña los recursos, no obstante numerosos, de la falsificación, es porque tiene intenciones más puras, porque su sueño no es tanto abolir o amañar la memoria como cambiar el pasado. Sin embargo, esto no es posible. *«What's done cannot be undone»* [«Lo hecho no se puede deshacer»], dice Macbeth. Aunque Geoffroy fuese la única persona en el mundo enterada de la derrota del Berézina, no obtendría de ello el menor consuelo y, sin duda, no podría guardar el secreto. El verdadero drama, irreparable, no es que la derrota sea conocida, sino que tuviera lugar. Y los diversos trampantojos que permite la historia secreta, e incluso el olvido, solo son emplastos en una pierna de madera. Como un mutilado, a Geoffroy le duele en la pierna de madera la ausencia de la pierna real. Ninguna prótesis que engañase a los demás aliviaría ese sufrimiento. Haría falta que nunca le hubieran cortado la pierna, eso es todo.

Habría que remontarse al momento de la amputación, ir en busca de un cirujano más hábil. O al momento de la herida, hacer que la bala o el mortero se desviaran. O arreglárselas para que el arma no hubiera estado cargada, para que otra bala hubiera alcanzado al tirador, para que este no hubiera existido nunca. Quizá matar a su padre antes de que conociera a su madre, hacer que la madre abortase; las posibilidades son innumerables y, sin embargo, el impedido se distrae de su pena enumerándolas.

Una pena lúgubre, repetitiva, que rumia un pensamiento vegetal.

En *L'irréversible et la nostalgie,* Vladimir Jankélévitch escribió: «No hay ninguna experiencia sensible o dinámica en vivir de lo irrevocable, ni se puede mantener discurso alguno sobre ello.» O, en último caso, un discurso reducido a la tautología: lo hecho, hecho está; lo hecho podría, en su momento, no haberse hecho, pero ahora está hecho; no podemos haber hecho y no haber hecho a la vez. Y así sucesivamente, sin salida, sin siquiera la esperanza de escribir unos bellos versos sobre el tema. Porque, y de nuevo cito a Jankélévitch, «si el sentimiento de lo irreversible es, por esencia, inefable, el de lo irrevocable es, por fuerza, indecible».

Sí, y todo lo que se puede expresar es el sueño de librarse de la irrevocabilidad, la insostenible hipótesis del milagro. Voy a contar uno, que Geoffroy no pudo llegar a conocer porque lo concibió en 1930 el novelista belga Marcel Thiry, un milagro que Geoffroy no pudo tan siquiera imaginar porque la idea de viajar en el tiempo no tenía cabida en el entendimiento de su época y que no le habría gustado, porque cumple deseos opuestos a los suyos, pero en el que habría reconocido, sin duda, la imagen invertida de su melancolía.

El narrador de *Échec au temps* [Jaque al tiempo], que es como se titula la novela, viajante de comercio, se dirige a Ostende. En el camino atraviesa la llanura de Waterloo, donde un monumento homenajea al águila imperial; pasa por delante del hipódromo Ney; diversas notaciones informan al lector de que, en el universo del libro, Waterloo fue una victoria francesa. En Ostende, el viajante entabla conversación con dos hombres: un antiguo compañero de colegio y un joven inglés desconocido. Ambos amigos, según sus propias palabras, han «declarado la guerra a la Causa». Pretenden liberar al mundo de ese odioso yugo, «para que el día que sigue al 5 no sea por fuerza el 6, para que vivamos un día más sin ser necesariamente un día más viejos», y su lema es el verso de Ovidio en el que habla de *natos sine semine flores,* flores nacidas sin semillas previas, una imagen admirable de la inmaculada concepción, que recuerda bastante al argumento de Gosse.

Este plan no es ni desinteresado ni quimérico. De hecho, el joven inglés, de nombre Douglas Hervey, desciende del oficial (inglés) supuestamente responsable de la derrota (inglesa) de Waterloo, y aspira a rehabilitar la memoria de su antepasado. Deseoso, en primer lugar, de verificar la exactitud de los hechos, ha construido una máquina para viajar en el tiempo, pariente de la que imaginó H. G. Wells, con la diferencia de que no permite el viaje propiamente dicho, sino tan solo la retrovisión. Hervey, el narrador y su amigo contemplan en una pantalla parecida a la de un cine el desarrollo de la batalla de Waterloo. El inventor, fiel a su obsesión, se empeña en enfocar a su antepasado y descubre que, en efecto, todo dependía de él, de su misión de reconocimiento y de la información que debía transmitirle a Wellington:

> La suerte de Europa se decidió en Waterloo, pero, en Waterloo, la suerte de la batalla dependió, a eso de las seis menos cuarto de la mañana, de la ojeada y también de la fortuna de un caballero de veinticuatro años, parado en un cerro al norte de Papelotte.

Los protagonistas pasan una y otra vez la película de la batalla. Una y otra vez, la negligencia, la interpretación equivocada del caballero Hervey inducen a error a Wellington: ordena la retirada y el ejército imperial resulta vencedor. El inventor se desespera. Sueña no solo con ver, sino con modificar el pasado, conceder a su antecesor cinco minutos de paciencia para que pueda apreciar mejor la situación, informar mejor al Estado Mayor inglés, darle la vuelta al resultado de la batalla. Y aunque su máquina no le permite intervenir directamente, se convence a sí mismo de que la repetición obstinada del pasado logrará *desgastarlo,* aflojar la trama y hacer posible el desgarrón decisivo.

En este punto, el autor introduce en la narración un elemento sentimental, una joven madre que, un año antes, ha dejado morir por descuido a su hijita. Por culpa de la desgracia pierde la razón y deambula por las calles dando gritos desgarradores. Al enterarse del invento de Hervey, la invade una esperanza tan grande como su pena. Si el inventor consigue cambiar Waterloo, lógicamente también podrá eliminar el accidente que le costó la vida a su hija y devolvérsela. Por tanto, el sueño ucrónico está movido por la conjunción de dos nostalgias: la del cadete Hervey, que persigue la derrota de Napoleón por la gloria de su antepasado, del mismo modo que Geoffroy quería ver multiplicarse las victorias del emperador a quien su padre había seguido, y la de la madre, perenne y visceral, la nostalgia que nos deja la pérdida de seres queridos y que, en esta narración, determina el milagro ilustrando a la perfección la convicción que formuló Oscar Wilde: «Arrepentirse de una acción es modificar el pasado» *(De profundis).* (Hallamos parte de esta idea en el misterio cristiano de la confesión.)

Por última vez, antes de darse por vencidos, los tres amigos y la mujer, que ha insistido en acompañarlos, contemplan el campo de batalla de Waterloo. Y, en el momento crucial, cuando el Hervey de entonces se dispone a abandonar su puesto de observación para dar cuenta de su misión, la madre, presa de uno de sus accesos de locura, lanza un terrible grito de dolor:

> Se habría dicho que todos aquellos que desde la noche de los tiempos han sufrido a causa de lo irreparable gritaban a través de su voz, buscando alivio. Toda la rebeldía contra lo que no debería haber sido, todo el llamamiento insurgente contra la ley de los hechos irredimibles, convergían en aquel clamor de mujer mutilada.

Y, así, esta rebelión de las entrañas logra el milagro que una rebelión del espíritu, por marcial y piadosa que sea, no ha conseguido provocar por no ser lo bastante intensa. El oficial inglés Hervey oye en Waterloo, en 1813, el grito lanzado en Ostende en el siglo XX. Se da la vuelta, duda. Se queda un momento más. Y Waterloo se convierte en una victoria inglesa.

Se puede modificar el pasado. Así que, en principio, se puede salvar a la niña.

Mientras tanto, todo cambia:

> Entre la infinidad de soluciones posibles, que divergen en cada instante, el acontecimiento se ha decidido por esta, y la vemos avanzar ahora a través de un tiempo virgen, a través de hechos que ya no son nuestro pasado.

Las consecuencias de esta retroacción son prodigiosas y a la vez imperceptibles, puesto que todo el mundo, de un momento al otro, cree de buena fe haber vivido desde hace siglo y medio en el mundo en que Napoleón ha perdido en Waterloo, en el que el hipódromo de Ostende se llama hipódromo Wellington y la estación de Londres Waterloo Station. ¿Acaso el lector mismo siquiera ha imaginado alguna vez cualquier otra cosa?

Solo el narrador, gracias a un prodigio que es la única incoherencia del relato y al mismo tiempo constituye su propia legitimación, recuerda las dos historias, es consciente de haber vivido de manera sucesiva en dos mundos divergentes.

¿Y sus dos compañeros? El inventor, Hervey el cadete, sufre la atrocidad de una paradoja, cuya formulación más conocida llegó cinco años más tarde de la mano de René Barjavel *(Le voyageur imprudent,* 1943). En el mundo en el que Napoleón vencía en Waterloo, el antepasado Hervey se retiraba sensatamente, se casaba en Inglaterra y tenía muchos hijos y descendientes, entre ellos el inventor. Pero en el mundo impulsado de súbito por su tataranieto, en el mundo en el que aseguró la victoria de su patria, pagó el éxito de su misión con la vida. No tiene descendencia, pues cae en el campo de batalla antes de procrear, y el cadete Hervey, tras haber impulsado esta nueva versión de la realidad, se volatiliza junto con su máquina. Sencillamente, ni el uno ni la otra pueden haber existido. «Había sido testigo –resume el narrador– del más asombroso suicidio, que no se limitaba a interrumpir la vida, sino que también suprimía su origen, incluso cuatro generaciones atrás. El principio de causalidad se había vengado de manera perentoria de su destructor.»

Esta venganza trae consigo tres consecuencias. La primera es anecdótica, pero espantosa: desaparecido el inventor y, con él, su invento, la niña nunca podrá volver con su madre. Thiry no desarrolla la segunda, pero es el fundamento de la futura paradoja de Barjavel: si el inventor no ha existido, no ha podido cambiar el pasado y, por tanto, su antecesor no murió en combate y, por tanto, el inventor existe y, por tanto, ha cambiado el pasado y, por tanto, no existe, etcétera. El tercero, apartando al segundo, nos presenta otro prodigio: el mundo que conocemos es, literalmente, producto de la ucronía. El sueño, o lo que se convierte en sueño, segrega la realidad que lo anula y lo sustituye, pero que no podría haberse impuesto sin él. Esta dialéctica se une a la del apólogo chino *Zhuangzi,* en el que el filósofo Zhuang Zhou sueña una noche que es una mariposa y después se pregunta si esa noche había sido un filósofo soñando que era una mariposa o si ahora es una mariposa soñando que es el filósofo Zhuang Zhou. Calderón, que sin duda no conocía este apólogo, le debe *La vida es sueño,* y Pascal, sus penetrantes pensamientos. Numerosos autores de literatura fantástica lo han explorado después. Creo que *Échec au temps* lo lleva al límite.

El otro compañero de aventuras, el antiguo condiscípulo del narrador, no se acuerda de nada. Nunca ha conocido a un inglés llamado Hervey, nunca ha tenido dudas sobre el desenlace de la batalla de Waterloo, nunca ha vuelto a ver a su compañero desde sus años de colegio. El narrador intenta sonsacarle un recuerdo de las dos semanas que acaban de pasar juntos. Esfuerzo inútil, por supuesto: ¿sabe uno lo que haría, lo que ha hecho en Ucronía?

Sin embargo, un detalle le provoca un estremecimiento. En el curso de la narración, es decir, en el otro mundo, este personaje declamaba un poema mediocre que acababa de componer. El narrador, que lo recuerda, se lo recita. El otro, atónito, confiesa haberlo soñado hace unos pocos días y asegura no habérselo confiado a nadie.

A Coleridge, mientras cruza el paraíso en sueños, le dan una flor que, al despertar, encuentra en su cama. También el héroe de Wells regresa del futuro con dos flores. Los ripios importados de Ucronía me parecen dignos de completar la lista de estos signos premonitorios, concedidos a los hombres como prueba de la realidad de sus sueños y de los otros mundos.

Epílogo: a fuerza de contar su historia, al narrador lo toman por un loco peligroso y lo encierran en un psiquiátrico. Desazón: si el asunto es tan poco conocido, si tiene, como mucho y por casualidad, un testigo a quien pronto reducen al silencio, ¿qué nos demuestra que no se producen todos los días, sin que nos enteremos, modificaciones semejantes, sustituciones asimiladas de manera igualmente discreta? ¿Quién puede asegurarme que hace un instante, tanto en mi conciencia como en los libros y en las placas de las calles, Waterloo no era una victoria francesa, que los Borbones no reinaban en el trono de Francia o, una cuestión más personal, que yo no estaba casado y era padre de cinco hijos, cosa que no creo ser?

Voy a dar un ejemplo más de estos ajustes, un ejemplo más íntimo, más secreto, aunque también esté tramado sobre un fondo de campo de batalla.

Lo recogió Jorge Luis Borges en una narración breve titulada «La otra muerte».

Un viejo militar, Pedro Damián, muere en 1946. Ha pasado los últimos cuarenta años de su vida entre la soledad y la mortificación. Durante todo este tiempo, le ha dado vueltas al recuerdo de la batalla de Masoller, que fue su bautismo de fuego a los veinte años. Durante su agonía, la revive por última vez.

Poco después de su muerte, Borges habla con otro militar, que le dice que el difunto se había portado como un cobarde en el campo de batalla y que la vergüenza le había hecho aislarse el resto de su vida. Pasan unos meses, que Borges dedica a glosar el poema «The Past», de Ralph Waldo Emerson, cuyo tema es la irrevocabilidad del pasado. Después, Borges vuelve a ver al segundo militar y le habla del muerto que, cuarenta años antes, perdió el valor frente a las balas. Su interlocutor, perplejo, un poco atónito, afirma que, al contrario, Pedro Damián murió como querría morir cualquier hombre digno de tal nombre, durante la batalla de Masoller.

Este giro de ciento ochenta grados desconcierta a Borges; cuando se queda solo, empieza a hacer conjeturas. ¿Fallos de memoria del segundo militar? ¿Dos Pedro Damián, uno cobarde y otro valiente? Sería plausible, pero decepcionante. La lectura de un tratado de teología medieval, *De Omnipotentia* de Pier Damiani, donde se dice que «Dios puede hacer que no sea lo que ha sido», le inspira la solución. Pedro Damián se comportó como un cobarde en la batalla de Masoller y dedicó su vida a expiar esa flaqueza. Cuarenta años de ascetismo y oración fraguaron el milagro. Se dijo: «Si el destino me trae otra batalla, yo sabré merecerla.» En el delirio de su agonía, la batalla vuelve a tener lugar, se porta como un valiente y recibe una bala en el pecho. «Así, en 1946, por obra de una larga pasión, Pedro Damián murió en la derrota de Masoller, que ocurrió entre el invierno y la primavera de 1904.»

Conclusión:

> En *Suma teológica* se niega que Dios pueda hacer que lo pasado no haya sido, pero nada se dice de la intrincada concatenación de causas y efectos, que es tan vasta y tan íntima que acaso no cabría anular *un solo* hecho remoto, por insignificante que fuera, sin invalidar el presente. Modificar no es modificar un solo hecho; es anular sus consecuencias, que tienden a ser infinitas. Dicho sea con otras palabras: es crear dos historias universales. En la primera (digamos), Pedro Damián murió en Entre Ríos, en 1946; en la segunda, en Masoller, en 1904. Esta es la que vivimos ahora, pero la supresión de aquella no fue inmediata y produjo las incoherencias que he referido.

Los dos relatos que acabo de resumir a modo de consuelo para Louis Geoffroy –a quien deseo que muriese como Pedro Damián, seguro de que su fe le daría la vuelta a la historia, aunque lo dudo– imaginan que la retroacción es posible, que las batallas pueden librarse de nuevo y que un remordimiento lo bastante intenso puede alterar su desenlace. A pesar de la tramoya que sobrecarga la novela de Marcel Thiry, ambos libros se distinguen con claridad de las múltiples historias de viaje en el tiempo que los autores de ciencia ficción han publicado desde H. G. Wells *(La máquina del tiempo,* 1895), suponiendo, como Barjavel, que uno puede visitar el pasado y matar allí a su antecesor cuando aún era célibe; como Poul Anderson, que las patrullas del tiempo velan para evitar que los viajeros causen trastorno alguno; como otras en las que un personaje puede encontrarse consigo mismo en diversas épocas de su vida, etcétera.

Son fantasías sugerentes, pero demasiado gratuitas, demasiado ligeras como para seducir al ucronista, abrumado por una melancolía más pesada. Como no está loco, no cree que una máquina permita atacar con eficacia el curso de la historia y, como mucho, las travesuras de viajeros temporales, que la alteran por malicia o por descuido, podrían inspirarle celos o, en todo caso, irritación. El ucronista sabe muy bien que su único campo de batalla es la memoria (pero que el olvido, el engaño y el perdón no cambian nada), que su única oportunidad es el fetiche, su única arma el libro; por tanto, debemos considerar que la máquina de Hervey es una metáfora. Su quimera solo es eficaz si procede de una constatación de impotencia irremediable y si para inventarla dispone de eso que los juristas llaman suficiente «interés en actuar», pero no se trata de actuar. La ucronía es solo un juego. Imposible por naturaleza, porque no se puede revocar lo irrevocable, pero, aun así, serio. Y siempre triste.

Con unas cuantas batallas, epopeyas prolongadas y valentías merecidas en el momento de la agonía, he compuesto una imagen de la ucronía que corre el peligro de parecer exageradamente melancólica. Por ejemplar que sea, el caso de Louis Geoffroy no basta para entender una perspectiva en la que podemos leer también el vuelo libre de la imaginación, un júbilo del que los libros de historia nos privan con demasiada frecuencia. A esto voy a contestar que, precisamente, cuanto más eufórica es una ucronía, más debería afligirnos su contraste con la descorazonadora historia que fue y, en cualquier caso, más debería consternar a su autor.

Vemos el caso contrario leyendo ucronías cuyo motor no es la desilusión, sino el alivio retrospectivo. Del mismo modo que lamenta que Napoleón no culminara su obra o que el advenimiento de Cristo pusiera fin a una edad de oro, el ucronista puede alegrarse, por ejemplo, de la victoria de los aliados en 1944 y conferirle a este acontecimiento tal carga afectiva que necesita, *para ver lo que pasa,* imaginar el espantoso desenlace opuesto: el triunfo del Reich, el mundo transformado en campo de concentración, abandonado al terror y al dominio del Mal. Esta conjetura ha inspirado determinado número de obras, en su mayoría mediocres. En casi todos los casos se trata de descripciones a corto plazo de las naciones sometidas al yugo alemán (en las ficciones europeas) o japonés (en las ficciones norteamericanas), donde la ucronía solo sirve para explotar con mayor o menor astucia el legítimo terror que inspira la posibilidad de una victoria del Eje. En *El cuerno de caza,* O. Sarban (seudónimo del autor inglés John Wall) transforma la Inglaterra ocupada en una inmensa reserva donde los dignatarios nazis, con Göring a la cabeza, se entregan a los placeres de la caza del hombre. Esta pesadilla no llegó a suceder, podemos respirar tranquilos. O bien la astucia consiste en proyectar una luz inesperada sobre situaciones contemporáneas, que el autor se limita a invertir. *Si Alemania hubiera vencido,* según Randolph Robban (seudónimo de no sé quién), se habría celebrado una conferencia de Potsdam en la que Hitler, Mussolini e Hiro Hito se habrían repartido el mundo, un proceso de Núremberg que habría condenado a Stalin, Truman, Churchill, De Gaulle, etcétera. Una vez establecidas estas sucintas transposiciones, la obra agota su energía en sutilezas polémicas al estilo *Crapouillot:* Hitler se encuentra con Valéry, Napoleón con Goethe, el existencialismo (de origen alemán) se convierte en la filosofía oficial de la Francia ocupada, Sartre es el sumo sacerdote y el autor, un poco asqueado de todo ello, sueña con escribir un libro sobre este tema subversivo: *Si los aliados hubieran vencido.* (En busca de seudónimo, adopta el de Pierre de Repère, de cuya simetría podemos deducir sin mucho margen de error el verdadero nombre de Randolph Robban.)

Con mayor agudeza, el gran novelista norteamericano Philip K. Dick imagina que las potencias del Eje han ganado la guerra y que Estados Unidos se ha convertido en un protectorado japonés donde toda la vida social está determinada por un juego de oráculos libremente inspirado en el libro del *I Ching.* La novela, titulada *El hombre en el castillo,* se desarrolla en 1960 en ese universo, y solo evoca de forma tangencial, con el énfasis de la evidencia, las circunstancias históricas que lo han hecho posible; exactamente como cualquier novela realista, da por supuesto el conocimiento del mundo donde se desarrolla y no experimenta la necesidad de establecer su genealogía. Pero se oye hablar mucho de un libro prohibido por las autoridades japonesas; circula de manera clandestina, despierta una apasionada curiosidad. Por descontado, su autor describe un universo en el que Alemania y Japón han perdido la guerra, en el que Estados Unidos es la primera potencia mundial, pero esta *mise en abyme,* recurso propio del género, se complica por el hecho de que tampoco se trata exactamente del mundo que conocemos –volveré sobre este punto– y porque los lectores de esta ucronía dentro de la ucronía, en lugar de ver en ella la expresión de un sueño bienaventurado, se dicen que, de ser verdad, probablemente no sería mejor. Quizá tampoco peor, pero, en el fondo, ¿qué importa? Todo es lo mismo.

Hasta donde yo sé, esta idea de que, sea cual sea el camino que los hombres tomen, todo será igual, es decir, que no dejarán de sufrir, es única en el género. Por lo general, la desesperanza de la ucronía se alimenta de los errores de la historia, de su irrevocabilidad, no de una desconfianza absoluta hacia la humanidad, de la idea de que hagamos lo que hagamos será malo, naceremos, sufriremos y moriremos. Cierto que tanto el nihilismo de Dick como su talento literario trascienden ampliamente el marco del género, ya sea ciencia ficción o ucronía.

Salvo esta excepción, aunque las demás ucronías ambientadas en la posguerra exploten un buen filón comercial o una veta burdamente polémica, la terrorífica modalidad de la elección sentimental me parece sin lugar a dudas la otra cara (optimista, puesto que el horror no ha tenido lugar) de la ucronía eufórica (pesimista, puesto que ha sucedido lo contrario). En ambos casos, se afirma una preferencia: arranque bajo la presión de la nostalgia o arranque con sensación de alivio, está claro que el motor del mecanismo ucrónico es afectivo.

Para el sentido común, la historia acreditada es la auténtica y la ucrónica es la falsa. El ucronista se dedica a socavar esta convicción en nombre de otra convicción: la primera es lamentable, la segunda digna de lástima, pues el idioma nos permite tanto lamentarnos por una felicidad perdida o no acontecida como lamentarnos por un pecado. A las categorías de verdadero y falso –indiscutiblemente útiles para el historiador– se superponen las de malo y bueno, que para el escritor ni siquiera son necesarias. El principio del interés en actuar explica esta ecuación, pero ¿acaso es que la ucronía no puede ser desinteresada? ¿No puede reconstruir la curva de lo que *podría* haber sido, ni bueno ni malo, tan solo posible, sin decirnos por fuerza lo que *debería* haber sido, echándole un sermón a la Providencia?

Ya he hablado de Dick, que se acerca a esta neutralidad a través de una indiferencia nihilista. Ahora me gustaría hablar de Charles Renouvier y de Roger Caillois, mentes especulativas, carentes de sentimentalismo, propensas a la ucronía por amor a la hipótesis más que por desahogo revanchista. Todo parece enfrentar a estos eruditos y a un aficionado ingenuo como Geoffroy, pero hay que mirar con más detalle, buscar en sus libros los argumentos de otro debate.

Lo hecho, hecho está, no se puede deshacer, y la revocación solo es un sueño, ni siquiera un sueño: un tema de cuento fantástico. «Todo es posible antes de elegir –escribe Jankélévitch–, pero, a partir de la ejecución, la potencia se convierte en impotencia ante la imposibilidad de no haber elegido lo que ha elegido.» Cierto, pero ¿realmente es todo posible antes de elegir? Una vez admitimos que el acontecimiento ocurrido no se puede revocar, la pregunta es la siguiente: ¿podría no haber ocurrido? En otras palabras, ¿existe lo virtual o solo es lo real aún no ejecutado? Vemos aparecer aquí el *pons asinorum* del determinismo y del libre arbitrio que, me temo, la reflexión sobre la ucronía se ve obligada a cruzar. (Pero convertirse en burro es pasar del vegetal al animal, hay un progreso.)

Ucronía es el libro clave de nuestro tema. El filósofo francés Charles Renouvier, en 1876, tituló así la obra que constituye el referente más indiscutible y un catálogo razonado tanto de sus propósitos como de sus dificultades. Jacques van Herp dice que «el libro de Renouvier es de esos que uno recomendaría a sus enemigos». De hecho, este opus elegante de quinientas páginas de texto condensado es de difícil lectura. Requiere un sólido conocimiento de la historia real, sobre todo romana, sin el cual uno corre el peligro de no advertir siquiera la bifurcación. Pero se trata de una obra de reflexión, más que de invención novelesca. Y la amplitud y la riqueza de esta reflexión desconciertan al lector.

La composición de *Ucronía,* de la que voy a intentar dar una idea, es compleja. En torno al texto propiamente dicho, presentado como un manuscrito auténtico del siglo XVI, se multiplican las advertencias y los comentarios. Abre el volumen un «Prefacio del editor» que Renouvier no firmó, jugando así con la mayor seriedad al juego de la mistificación literaria. Hay tres apéndices. El primero se publicó con la obra, los otros dos después. El conjunto se termina con un posfacio, esta vez firmado por Renouvier, que se limita a comentar, sin asumir su paternidad, la serie de textos encuadernados que ahora voy a examinar en orden.

El primer apéndice está atribuido a un autor holandés del siglo XVII, cuyos descendientes desearon ocultar su nombre. Este anónimo narra, para su hijo, sus años de formación. Como veremos, todos los problemas que plantea el libro giran en torno a las guerras de religión, a cuyo contexto se alude desde un principio. El autor del apéndice, protestante, quiso convertirse al catolicismo y habló del tema con su padre, cuya figura evoca. Este, francés de origen, de confesión reformada, presenció en su juventud el suplicio de Giordano Bruno, y el espectáculo de las divisiones religiosas lo llevó a un pesimismo escéptico que inculca a su hijo. Se define como «un oscuro fanático de 1590 convertido en un oscuro libertino de 1630» (es decir, un hombre convencido de que la historia tiene un sentido, un convertido a la duda ucrónica).

Para convencer mejor al narrador, recuerda, además de a su padre, a su maestro, un monje de la orden de los Hermanos Apóstoles que fue arrestado por la Inquisición y murió en la hoguera en Roma, en 1601. Este monje, a quien visitaba en su mazmorra, le confió un manuscrito que había escrito con el nombre de padre Antapiro. El padre ha conservado este manuscrito sedicioso sin decirle una palabra a nadie y se lo entrega a su hijo para que lo edifique como a él y como edificaría, si lo leyese, «a cierto joven gentilhombre francés que vive en Ámsterdam», que según una nota del editor es René Descartes.

La obra del padre Antapiro es «la historia de determinada edad media occidental, que se inicia en el primer siglo de nuestra era y acaba en torno al cuarto, seguida por una historia moderna que se extiende desde el quinto hasta el noveno». Es decir, de Nerva a Carlomagno.

Comienza con una impresionante síntesis de la historia de la civilización, describiendo la invasión de Occidente por las doctrinas orientales. El padre Antapiro opone con firmeza las razas «helenísticas e itálicas», entre las cuales la religión y la ley temporal coexisten en armonía, y la religiosidad sin freno y la barbarie malsana de Oriente. Alejandro libró una guerra en Oriente y sometió al adversario sin transformarlo. De hecho, fue Occidente quien cayó en la embriaguez oriental. Roma, al conquistar Grecia, se dejó infectar a su vez.

El padre Antapiro condena con severidad esta contaminación que él considera el origen de todos nuestros males. Llega al principio de nuestra era, el nacimiento del cristianismo, presentado como la quintaesencia del delirio místico oriental. Se concreta lo que está en juego en la historia. Se trata de saber quién va a prevalecer, el cristianismo o la filosofía. «Por un lado, la nueva religión quiere corromper al mundo para salvarlo. Le predica la penitencia y el sacrificio en nombre del único dios verdadero. Más tarde, procura someterlo y gobernarlo, para lograr por la fuerza una salvación que la buena voluntad no otorgaría. Por otro lado, la filosofía espera el bien de los hombres de la justicia y de la libertad.» Por tanto, la filosofía se entiende como ejercicio de comprensión y de tolerancia, aceptando a todas las religiones en pie de igualdad, condenando tan solo las tentativas de hegemonía. En resumen, esta sabiduría antigua, idealizada *a posteriori*, se basa en la separación de las Iglesias y el Estado. El cristianismo, por el contrario, aspira a la exclusividad, al poder secular, y conduce necesariamente a las guerras de religión. El monje torturado y el filósofo francés que empuña la pluma se guardan muy mucho de responsabilizar a la fe cristiana. Sigue siendo la fe de ambos y, al menos, la fe del monje es una fe ferviente, pero los dos rechazan la institución y el monje lo paga con su vida. Hablaré más tarde del sentido de su martirio.

Así pues, la catástrofe inicial, de la que lógicamente se deriva la Inquisición –y el interés personal del monje por borrarla es, como mínimo, intenso–, es el fracaso de la filosofía, el triunfo del cristianismo como poder temporal, es decir, el acuerdo de los emperadores romanos, que aseguraron la difusión de la doctrina que predicaba un galileo a quien Tiberio crucificó.

Una vez definido lo que está en juego, entramos de puntillas en Ucronía. En el año 175, durante el principado de Marco Aurelio, corrió el rumor de su muerte. Algunos quisieron aprovecharse del mismo. Renouvier desarrolla el tema, bastante oscuro, de la usurpación de Avidio Casio, que en realidad fue asesinado por su ejército, y supone que Marco Aurelio, conmocionado por una carta en la que este general le habla del peligro que el cristianismo representa para el Imperio, decide adoptarlo para asociarlo al poder, apartando a su hijo Cómodo. Entonces, Avidio Casio pone en marcha una serie de reformas constitucionales que el autor, con sadismo, detalla de modo exhaustivo, cuando solo una importa: se prohíbe la ciudadanía a los cristianos, que declaran «no amar el mundo y esperar su fin». Según el autor, este acto de segregación, que renueva las persecuciones, marca el triunfo de la filosofía. Marco Aurelio comparte este sentimiento y, aunque se suicida para no tener que devolver mal por mal, reconoce en su carta de despedida la necesidad de dicho mal:

> Si llegan a vencer un día, tendremos que renunciar a todo lo que es digno de hacer para un hombre que sienta apego por la vida: a los placeres nobles, a la virtud desinteresada, a la libertad de la que disfrutamos, a la esperanza de propagarla por el mundo.

> [...] Les hemos negado el derecho a la ciudadanía por el justo motivo de que una sociedad que no reconocen no puede reconocerlos. Pero, en su bajeza, prescinden demasiado bien de los derechos que les negamos. Habría que obligarlos a abandonar el Imperio.

Tras el suicidio de Marco Aurelio, Avidio Casio muere asesinado. Cómodo asciende al trono. En este punto, la ucronía no difiere de la historia, pero en *Historia de la decadencia y caída del Imperio Romano,* de Gibbon, leemos que «las persecuciones que los cristianos padecieron bajo el gobierno de príncipes virtuosos cesaron de inmediato con el advenimiento de un tirano». En el texto de Renouvier, por el contrario, leemos que «la persecución, suspendida o moderada por la bondad de los antoninos, volvió a hacer estragos» y que «Cómodo hizo cumplir con violencia lo que su padre aspiraba a conseguir con humanidad».

A partir de ese momento, el cristianismo se ve rechazado en Occidente y se desarrolla en su verdadero hogar, Oriente. Renouvier describe este desarrollo, examina las diversas herejías, despacha a todas las doctrinas cristianas de los tres primeros siglos, incluida la que prevaleció en la realidad, sin dar la razón a ninguna. Todo este pasaje, que sugiere que faltó bien poco para que ahora fuésemos arios o gnósticos, recuerda a un breve estudio de Jorge Luis Borges sobre el «falso» Basílides:

> Durante los primeros siglos de nuestra era, los gnósticos disputaron con los cristianos. Fueron aniquilados, pero nos podemos representar su victoria posible. De haber triunfado Alejandría y no Roma [...], sentencias como la de Novalis: «La vida es una enfermedad del espíritu»», o la desesperada de Rimbaud: «La verdadera vida está ausente; no estamos en el mundo», fulminarían en los libros canónicos.

Durante ese tiempo, Roma, libre de la perniciosa influencia, recupera su gloria pasada. En el siglo X de las Olimpiadas (es decir, el siglo II de la era cristiana) se restablece la República. Además, «los senadores comenzaron a llenar el vacío que la expulsión de las sectas orientales había dejado en Occidente o, más bien, a mostrar los elementos de noble santificación que contenía el paganismo, injuriado por los sectarios». Volvieron a poner de moda los misterios de Eleusis y todas las doctrinas coexistieron en paz: neoplatonismo, sincretismo, etcétera.

Desde entonces, la ucronía prosigue su trayectoria, jalonada por acontecimientos que, en muchos casos, se apartan de la historia real. Renouvier no pinta un cuadro idílico, no traza, como Geoffroy, una curva triunfalmente ascendente: hay guerras, invasiones, crisis, como en la realidad. En 1150 (año 374 de nuestra era, pocos años antes de la división real), se proclama la separación política entre Oriente y Occidente. Constantino, en lugar de hacer una entrada triunfal en Roma, cae derrotado y muere en Tergeste (Trieste). En el siglo XV (para nosotros, el siglo VIII), Oriente, exaltado de un modo fanático por la «religión verdadera», intenta reconquistar Roma a los infieles para instalar allí a un pontífice supremo del universo, sin éxito, pero esta cruzada inversa tiene un efecto secundario: en Germania, la Reforma empieza a unir a las civilizaciones y tanto es así que, poco a poco,

> La Iglesia de Cristo, antaño proscrita a causa de sus usurpaciones en el ámbito civil, entró sin encontrar oposición en el mundo europeo, una vez que el transcurso del tiempo y el progreso de las ideas humanas la despojaron por fin de su germen de intolerancia, una vez purgada de la parte odiosa y supersticiosa de su misterio. Se propagó con libertad por las repúblicas occidentales, sometiéndose a todas las condiciones de una doctrina sujeta a la prueba de la reflexión y de las ciencias.

Ucronía termina con esta integración siete años aplazada, pero armoniosa, en el siglo XVI, de las Olimpiadas, el VIII, de nuestra era. Termina en un mundo donde no quemarían a su autor, que es la única nota sentimental –por supuesto, no desarrollada– de una obra que desdeña recurrir a la emoción y busca en cambio la aprobación intelectual. O que cree hacerlo.

A la obra del padre Antapiro le sigue un segundo apéndice, escrito en Holanda en 1658 por el mismo autor que compuso el primero. Tras entregar el manuscrito a sus hijos como su padre se lo había entregado a él, traza, para su edificación, «un resumen de toda esta serie de accidentes reales, para que podáis acabar vuestra instrucción con la comparación entre lo que podría haber sido y lo que de verdad fue».

Sigue una nueva síntesis histórica, la narración de quince siglos de «progreso de esa obra execrable que es la religión católica», y que concluye así:

> Este es el triste poso, el residuo del reino que hemos tenido en lugar del reino de los Santos, que los antiguos cristianos esperaban. Esta es la verdad de la historia, que ahora podéis comparar con las hermosas y desesperantes fantasías sobre lo posible que el autor de *Ucronía,* en vísperas de morir en la hoguera, se complacía en imaginar en su mazmorra. Soñaba con lo que los hombres podrían haber hecho, en libertad, si hubieran ejercido su libertad a tiempo. Y acabo de contaros lo que hicieron.

Una nota del nieto, tercer depositario del manuscrito, fechada en 1709, completa la historia de su padre recordando los acontecimientos sucedidos después, la guerra que Luis XIV libró en Holanda para extirpar el protestantismo, la violación del tratado de Nimega, la intolerancia y el odio bajo la pompa del Gran Siglo. Viejo, solo, enfermo, «habiendo visto morir a mi hijo mayor, mi hermano y mis sobrinos por su fe, y a mi último hijo enviado a las galeras del rey», comenta en estos términos todo lo que acaba de leer: «Si nosotros, ahora, hubiéramos alcanzado ese punto de civilización, podríamos resumir la hipótesis de la *Ucronía* diciendo que ha hecho ganar mil años a la historia, pero no hemos alcanzado tal punto.»

Leyendo esto, queda claro que lo que podría haber sido prevalece sobre la preferencia del autor, que *Ucronía* es también una historia de añoranza, pero ¿de qué autor hablamos?, ¿quién escribe detrás de todos esos narradores que se pasan el relevo y no dejan de ensombrecer el cuadro?

No cabe duda de que Charles Renouvier quiso escribir una obra científica, codificar, ilustrar con un ejemplo convincente las reglas de un juego mental. La aridez del tema no hizo que se echase atrás, pero sintió la necesidad de un compromiso profundo, de un «interés en actuar». Este filósofo de finales del siglo XIX no vivió las guerras de religión, no sufrió persecución alguna, pero la literatura le proporcionó el medio para un desdoblamiento muy real. Creo que adivinó que su experiencia sería honesta por el hecho de provenir de la pluma de un hombre para quien no era un capricho, ni una entretenida especulación, sino una cuestión de vida o muerte. En esta ocasión, hablar de motivo sentimental sería un eufemismo insultante. Porque para tener ese motivo, Charles Renouvier se convirtió en el padre Antapiro y, en 1601, murió en la hoguera, en Roma.

Para que se llevase a cabo esta reencarnación al revés, esta reencarnación suicida, hacía falta una afinidad de espíritu y de melancolía.

Renouvier soñaba con el reino de la filosofía y, como todos aquellos que sienten nostalgia de una edad de oro, imaginó que había existido, en Grecia o en Roma, hacía dos mil años. Pensaba que el cristianismo había destruido ese reino y le guardaba un amargo rencor. Por supuesto, distinguía entre la fe y las instituciones, juraba que era devoto de la primera y que solo rechazaba las segundas, pero no solo fue un partidario de la separación entre Iglesias y Estado, un teórico del combismo, del clientelismo.* Hizo decir a un depositario de su manuscrito: «La Inquisición católica no es solo la institución que podemos confundir con el terrible tribunal que engendró, tras mil doscientos años de incubación, su ejemplar más perfecto. ¡Es también el propio espíritu católico, tal y como se reveló desde el principio!»

Renouvier no se conformó con ser un librepensador a la manera de Voltaire. Odiaba el catolicismo y, por tanto, el cristianismo y, a través de este, la idea misma del determinismo. Odiaba la historia y se identificó, hasta la hoguera, con una de sus víctimas. A la vez que rastreaba la procesión de persecu-

* Durante la Tercera República francesa se creó un sistema de patronazgo y a partir de 1902 los prefectos recibieron orden oficial de favorecer a los buenos republicanos. El fenómeno fue reconocido por el nombre del entonces ministro de Interior, Émile Combes. *(N. de la T.)*

ciones, siglo tras siglo, ansiaba que los hombres descubriesen que eran libres cuando todavía había tiempo y dio consistencia a ese sueño escribiendo su *Ucronía.* «Leedla, hijos míos –dice el nieto–, con la convicción de que el hombre no está determinado por necesidad y que muchas cosas podrían no haber sido y que el mundo podría ser mejor.» Ahora ya no hay tiempo.

Que este filósofo un tanto olvidado, en apariencia sereno, luchase contra la historia con una energía tan desesperada; que el más especulativo de los autores de los que aquí hablo sea, quizá, el más comprometido, garantiza que la ucronía, agradable juego de mesa, no puede existir sin un dolor profundo. El otro gran intelectual de este catálogo, Roger Caillois, oculta en un tema semejante una revelación parecida.

Que el tema sea semejante no es una sorpresa. No es una casualidad que los ejemplos históricos se distribuyan de forma tan homogénea entre estas páginas y las precedentes. La epopeya napoleónica al principio, el cristianismo ahora. La caída de un gran capitán inspira de modo natural ingenuas añoranzas, de la misma manera que la imaginería que lo alaba inspira obras abiertamente nostálgicas. Por el contrario, el ucronista teórico, más preocupado por analizar su razonamiento que por rehacer la historia según sus preferencias personales, recurriendo a múltiples batallas imaginarias, se decanta naturalmente por el acontecimiento más importante, el acontecimiento del que resulta razonable pensar que ha cambiado la faz del mundo. Vivimos en una civilización en la que hasta el cómputo de los años está gobernado por la aparición en la tierra de un profeta galileo, en una historia trágica que ese profeta impulsó. La decisión «científica» de hombres como Renouvier o Caillois es tan comprensible como las motivaciones afectivas que, a su pesar, guían esa decisión.

Aunque el objetivo sigue siendo casi el mismo (si bien aquí no se trata de aplazar el triunfo del cristianismo, sino de borrar incluso su existencia), el estudio de Roger Caillois *(Poncio Pilatos,* 1961) se lleva a cabo en condiciones más claras, tal vez más convincentes, y, con toda seguridad, con mayor atractivo literario.

Como se trataba de elegir el nodo temporal, era razonable pensar que la estancia de Jesucristo en la tierra determinó toda la historia posterior de Occidente. Razonable, también, considerar la crucifixión como el acontecimiento clave de esa estancia y ver en la indecisa decisión de Poncio Pilatos el factor esencial y, en cualquier, caso final que hizo posible el drama del Gólgota. El proyecto de Caillois consiste en examinar el proceso a cuyo término Pilatos, en lugar de dar a elegir a la muchedumbre entre Jesús y Barrabás y lavarse las manos de la sangre de un inocente, podría haber puesto en libertad al supuesto Mesías; del mismo modo, la muchedumbre podría haber condenado a Barrabás, pero este es otro tema, sobre el que volveré más adelante. Esta liberación, que habría evitado el calvario de Jesús y le habría permitido vivir hasta una edad avanzada, también habría rebajado su estatuto al de profeta benévolo y, si bien habría gozado de una gran reputación de santidad, nos habríamos ahorrado el cristianismo. Hay que aceptar esta premisa, que no puede demostrarse. El mecanismo –histórico o ucrónico, según el caso– se pone en marcha bajo la presión de estos imponderables: la psicología de un funcionario romano, los acontecimientos que, durante las veinticuatro horas que separaron el arresto de Jesús de su juicio, pudieron afectar su mente y dictarle una decisión. La tarea que emprende Caillois es mostrar cómo estas variables producen datos, cómo lo virtual se convierte en real; en resumen, cómo se construye la historia y cómo podría no haberse construido o cómo podría haberse construido de otra manera.

Empieza por trazar un retrato entrañable del procurador, un quincuagenario inteligente, exiliado en un puesto sin prestigio, conciliador por naturaleza, cobarde por encima de todo, pero también asustado de su cobardía y, a su manera veleidosa, apasionado de la justicia.

Y entonces dice Caillois:

> He intentado no ya reconstruir los hechos, que además son conocidos, sino los móviles, las intrigas, el juego político, los motivos más misteriosos de

una psicología compleja donde lo que vence, al final, tal vez deba su victoria al cansancio o al azar; quizá también a la total oscuridad de las acciones, las negligencias y los abandonos de un ser humano, la suma de sus retrocesos, de sus audacias abortadas. Todo ello se conjuga y acumula un secreto vigor.

(Posfacio para «Poncio Pilatos».)

Para Pilatos, condenar al supuesto Mesías significa estar tranquilo, evitar el choque con la institución religiosa local y quizá la desaprobación de la administración metropolitana, como ya le había ocurrido una vez, dejándolo resentido, pero también es condenar al suplicio a un iluminado claramente inofensivo, ceder de nuevo a la presión del Sanedrín, dar pruebas de una cobardía que conoce demasiado bien.

Sin embargo, el deseo de tranquilidad no es el único motivo a favor de la ejecución del galileo. También lo incitan a ella tres argumentos, desarrollados gracias a tres encuentros, cuyo valor aumenta poco a poco para ese intelectual que es Pilatos.

En primer lugar, el prefecto del pretorio plantea argumentos políticos, incluso policiales. Más vale una injusticia que un disturbio, dice, que además es muy penoso para el progreso.

Pilatos siempre ha actuado de acuerdo con esta máxima, sin sacar mucho provecho de ello. En ese momento está cansado de ella, siente cierta repugnancia. No va a ser el prefecto quien prime sobre su decisión.

El segundo encuentro lo perturba aún más. Judas, el discípulo traidor, le pide audiencia. Las palabras que le dirige le deben mucho a un relato de Borges («Tres versiones de Judas», que Caillois introdujo en Francia), que a su vez debe mucho a las desesperadas musas de Léon Bloy. Judas explica a Pilatos que debe condenar a Jesús, que tampoco puede pretender hacer otra cosa. Es imprescindible, para la salvación del mundo, que el Hijo de Dios se encarne en un hombre y muera en la cruz. Y para eso hacen falta hombres que lo entreguen y lo condenen, cumpliendo el designio divino. Así lo dice Judas:

> La salvación del mundo depende de la crucifixión de Cristo. Si vive, si muere de muerte natural, o por la picadura de una víbora, o a causa de la peste o de la gangrena, o de cualquier cosa, como todo el mundo, no habrá Redención. Pero gracias a Judas Iscariote, y gracias a ti, procurador, las cosas ocurrirán de otro modo.

Al prestarse a contribuir al proyecto de Dios, asumiendo la peor de las ignominias, Judas da muestras de una abnegación que lo sitúa por encima de todos los santos. Para mayor gloria de Dios, este asceta por exceso renuncia al honor, al bien, al reino de los cielos, como otros, no tan heroicos, renuncian a la voluptuosidad. («¿Por qué no haber renunciado a renunciar? –se pregunta Borges–. ¿Por qué no a renunciar a renunciar, etcétera?»). Judas es el ministro del sacrificio divino, y Pilatos también. El discípulo le dice al romano:

> Desde ahora, nuestros nombres estarán eternamente asociados: el Cobarde y el Traidor. En realidad, el Valiente y el Leal por antonomasia, uno cuya flaqueza era necesaria, y el otro tan fiel que, por amor, permitió que lo marcara para siempre el estigma de la felonía. Serás execrado, pero consuélate. Él sabe que no habría podido redimir a los hombres sin mi supuesta traición y tu falsa cobardía.

(La Iglesia etíope sí lo comprendió y convirtió a Pilatos y a su esposa Prócula en santos de su calendario.)

No obstante, este discurso deja perplejo a Pilatos. Más aún porque esta glosa teológica se refiere a una religión que no conoce, aunque ella lo conozca y prediga sus pasos, aunque su advenimiento dependa de él.

Último encuentro. Pilatos pide consejo a su amigo Marduk, un erudito caldeo versado en el estudio de todas las creencias humanas. Este aclara un poco el misterio que rodea a las declaraciones de Judas. Las toma en serio y esboza para el procurador el fresco del mundo en el que triunfará la nueva religión, del mundo que dimana de la crucifixión de Jesús. «Leía la evasiva, la evanescente historia del mundo, o al menos una de las infinitas virtualidades de esa historia.» Y habla, de modo caótico, de los reyes de Francia, del descubrimiento del Nuevo Mundo, del triunfo de Cortés, de los cismas de la Iglesia que venera al galileo, de la toma de Constantinopla por los turcos, del cuadro del pintor Delacroix que representa a los cruzados entrando en Constantinopla, de las páginas del poeta Baudelaire que alaban ese cuadro, de los artículos de los críticos que elogian las páginas de Baudelaire, del suicidio de Pilatos, desesperado, unos años después de la muerte de Cristo, de los teólogos que dedicarán ensayos estudiando el papel que desempeñaron Judas y Pilatos en el misterio divino. Para perfeccionar su *mise en abyme,* Caillois concluye así esta enumeración atropellada:

> Marduk encontró incluso un nombre aceptable para el escritor francés que, dos mil años más tarde, iba a reconstruir y publicar esta conversación en las ediciones de *La Nouvelle Revue Française,* jactándose sin duda de haberla imaginado.

Y como el prefecto, pero por otros motivos, como Judas, porque comprende los suyos, Marduk aconseja a Pilatos que condene a Jesús. Todo parece confabularse para que el procurador ordene la ejecución o deje la decisión en manos de la sanguinaria muchedumbre. Su interés personal, la seguridad de Judea y también, sobre todo, la voluntad de la víctima y del Dios del que dice ser hijo. Sin embargo, un arrebato de independencia lo impulsa en sentido contrario. Tras una noche de insomnio, Pilatos deja en libertad al supuesto Mesías y el cristianismo no llega a existir.

Advertimos la austeridad de la concepción a la que obedece esta prueba. Ahora bien, ¿qué demuestra? ¿Que faltó muy poco para que el cristianismo no existiera? Sin duda. Nada más. Pero en *Poncio Pilatos* hay algo más que una demostración: el anhelo, retrospectivo y piadoso, de que ese poco hubiera sido posible.

Porque el problema es que nada de todo esto pudo ocurrir así. En primer lugar, porque lo sabemos, porque vivimos en el mundo donde Jesús fue crucificado, pero este argumento está fuera de lugar aquí, ya lo abandonamos al principio de este libro. El motivo, si entramos en el juego, es el determinismo histórico, que en este ejemplo coincide con la ejecución del plan divino, lo cual viene de perlas para la precisión del vocabulario, porque la noción de determinismo, que tiene un sentido en la epistemología científica, apenas lo tiene en historia, donde solo esconde un truismo, pues únicamente entra en vigor *a posteriori* y se identifica tan solo con la génesis de los acontecimientos (y la narración de esta génesis se denomina historia). Por el contrario, podemos llamar determinismo o, con mayor exactitud, predeterminación a la convicción teológica no solo de que toda causa produce un efecto (no sabemos cuál, y no vemos qué «determinismo histórico» podría decirlo), sino sobre todo que esta cadena de causas y efectos fue forjada por Dios y se desarrolla según sus designios. El determinismo significa entonces voluntad previa y culminación inevitable y, después, posibilidad de previsión para la inteligencia superior que, desde Laplace, los sabios sueñan con igualar.

En esta hipótesis, responder «sí» a la pregunta «¿podría haber ocurrido de otro modo?» es una blasfemia y una tontería. Jesús tenía que ser crucificado, porque Dios y la historia que ha dispuesto así lo han querido. Nadie se pone en contra de poderes semejantes. Una necesidad imperiosa, que manipuló el azar e identificó lo virtual con lo real sin dejarle más escapatoria que la realización, hicieron que Judas se viera obligado a traicionar –y, si fue consciente de la grandeza de su papel, si extrajo de ella una justificación teológica, mejor para él– y que Pilatos tuviera que ceder. Ni sus aplazamientos ni sus rebeldías podían cambiar nada. También estaban previstos, predeterminados.

El *Diccionario Enciclopédico Larousse* define el verbo «predeterminar» así: «Teol. Determinar, mover la voluntad humana sin poner trabas a la voluntad.» Esta información causa perplejidad e incita a pensar, como uno de los autores de *Ucronía* cuando comenta con amargura la herejía pelagiana, que en estas condiciones «solo se puede obligar al espíritu del pecador a creerse libre si acepta contradecirse. La controversia dura ya dos mil años». Y aquí estamos, dos mil años después, condenados a rebuznar en el *pons asinorum* del que antes hablábamos.

No soy lo bastante versado en teología como para llamar al banquillo de los testigos a los numerosos autores que han escrito prestigiosos estudios sobre el asunto. El hecho de que haya servido tan a menudo como tema de disertación lo asemeja, en mi opinión, a un ejercicio de virtuosismo, concebido más para realzar el talento del genio que para procurarle una verdadera emoción intelectual; por no hablar de hacer avanzar el conocimiento, aunque no se trata de eso en realidad, porque estas cosas no se pueden conocer, solo se pueden glosar por gusto o por el derecho a quemar en la hoguera a quienes no están de acuerdo con ellas. Si leemos las reflexiones de los autores más ilustres sobre el tema –incluyendo a Descartes, Spinoza, Boecio, Leibniz, Molina, a todo el mundo, también, sin arriesgarme demasiado, a los que no conozco–, tenemos la impresión, por lo demás nada penosa, de que les podríamos atribuir verdades del tipo «no se puede nadar y guardar la ropa», «no se puede repartir el pastel y comérselo entero» sin que sus argumentos cambiasen gran cosa, a condición de que les diéramos la vuelta y el virtuosismo fuera demostrar que sí, que se puede nadar y guardar la ropa, que se puede repartir el pastel y comérselo todo. Porque se trata de eso, de conciliar dos predicados excluyentes, de saber que Dios lo ha dispuesto todo de antemano, pero, aun así, el hombre actúa con toda libertad. Lo complicado es dar una explicación lógica de algo que solo vale como misterio teológico, por definición inexplicable; declarar, un poco como si repartiéramos el pastel y nos lo comiéramos entero, que Dios lo creó todo, lo supo todo, lo planeó todo hasta el fin de los tiempos, pero que no quiso lo que nosotros queremos; o bien que Dios inclina la voluntad sin constreñirla, de forma que es *seguro* que decidirá tal cosa, pero no es *necesario* que lo decida; o también (esta es mi favorita, después lo dejo) que Dios no determina las acciones de los hombres, sino que contribuye, gracias a su «ciencia media», a la realización de los actos que sabe que deben ser objeto del libre albedrío de la voluntad humana. (Descartes, con quien ya nos hemos cruzado en Ámsterdam, explica que un rey puede haber prohibido los duelos, saber que dos caballeros solo piensan en batirse y confiar a ambos la misión de presentarse en el mismo lugar a la misma hora: sabe muy bien que se batirán entonces, pero no los ha obligado a ello. El fallo, obviamente, es que el rey tampoco ha imbuido en el alma de estos espadachines la inclinación a batirse en duelo, mientras que Dios sí; podemos seguir discutiendo mucho tiempo sobre el tema y además es entretenido, pero si he abierto este paréntesis es sobre todo por el placer de citar al jesuita Molina, promotor de la tesis que resumo a continuación y que se contrapuso a los jansenistas: «Existen tres objetos de la ciencia divina: los posibles –ciencia de simple inteligencia–, los acontecimientos actuales –ciencia de visión– y los acontecimientos condicionales –ciencia media–»; de ello se deriva que la ucronía está a medio camino entre la ciencia de simple inteligencia y la ciencia media, opinión que de todos modos merecería la pena mencionar.)

Ahora leamos a Nietzsche, que podría haber salido airoso en este duelo pero que, al abstenerse, tranquiliza a quienes no pueden (de hecho, por esa misma razón se recurre tan a menudo a este difícil autor en otros ámbitos):

> Suponiendo que alguien llegue a darse cuenta de la rústica simpleza de ese famoso concepto de «libre arbitrio» y se lo borre de la cabeza, le rogaría que dé un paso más en su educación y se borre también de la cabeza lo contrario de ese absurdo, es decir, el «siervo arbitrio», que conduce a un abuso de las nociones de causa y efecto.
>
> *(Más allá del bien y del mal.)*

Esta coz es saludable para quien esté interesado en nuestra disciplina, pues anima a apartarse de ella. Porque la ucronía gira sin cesar en torno a esos conceptos rústicos y paralizantes.

Rellenemos pues de paja nuestros cascos ortopédicos y volvamos al tema.

El siervo arbitrio es necesario para poner en marcha la procesión de causas y efectos y también para luchar contra ella, pues es el principio del juego. El libre arbitrio es necesario para que uno pueda imaginarse arremeter contra una causa y, de paso, contra el determinismo. El uno no existe sin el otro, se excluyen el uno al otro, no hay salida. O bien salimos mediante un apaño algo fraudulento, un mercadeo: repartimos un poco de pastel, prometiendo portarnos bien, y guardamos el resto, a riesgo de que nos lo confisquen a la primera tontería que hagamos.

La elegancia de la narración de Caillois radica en hacer caso omiso del mercadeo y relatar, de hecho, un acto victorioso de bandidaje: sin un centavo y con violencia, su héroe se apodera de la tienda, de todas las reservas de pastel y, de paso, de la caja.

Retrocedamos. Pilatos no concilia el sueño. Reflexiona. Es consciente de desempeñar un papel en una intriga que no entiende y de la que Judas primero y Marduk después le han revelado algunos engranajes. Se sabe programado, predestinado a representar a un cobarde indispensable por voluntad de un dios que no conoce, pero a cuyo hijo tiene que ayudar, como Judas; de forma más consciente y con orgullo, representa al traidor. Zafarse es imposible, no depende de él.

No obstante, en mitad de la noche, se acuerda del entusiasmo que, en su juventud, había sentido al leer las tesis de Zenódoto, divulgadas por Cicerón en *De finibus potentiae deorum.*

De los límites de los poderes de los dioses. El título huele a tejemaneje. También recuerda *De omnipotentia* de Pierre Damiani, donde Borges leyó que Dios puede hacer que lo que ha sido no haya sido. Pilatos, por su parte, adivina otra cosa. Que el límite del poder de los dioses es el libre arbitrio que nos arrogamos. (Por supuesto, Caillois, preocupado por evitar los anacronismos, no escribe esa palabra, ni nada de lo que digo aquí.) Que el libre arbitrio no es calderilla, ni pastel miserablemente concedido; que no coexiste con un programa implacable donde representaría un margen *ad libitum;* que no se comparte, no se divide, sino que se gana; en resumen, que es todo o nada. Debemos decir que sí, es algo previsto, predeterminado, cierto, necesario; en nuestra alma preexiste la inclinación que hace falta para ello (Pilatos es cobarde) y, sin embargo, podemos decir que no:

> Por importante que sea la meta, aunque se trate de la salvación del universo, el alma humana solo hace el mal con consentimiento. Es dueña de sí. Ninguna omnipotencia prevalece contra su exorbitante privilegio. Pilatos se congratuló pensando que, incluso si el dios de los judíos, o un dios cualquiera, había contado con su flaqueza, seguía teniendo la libertad de ser valiente.

Y ese valor, ese ejercicio heroico de su libre voluntad, desquite de todas las flaquezas de su vida, es lo que Pilatos ejerce por la mañana, dejando a Cristo en libertad.

En mi opinión, las últimas frases de *Poncio Pilatos* inducen a error:

> A causa de un hombre que logró, a pesar de los pesares, actuar con valentía, no hubo cristianismo.

> Salvo el exilio y el suicidio de Pilatos, ninguno de los acontecimientos que predijo Marduk llegó a producirse. Excepto en ese punto, la historia se desarrolló de otra manera.

Caillois no es un escritor verboso, mide sus palabras. El «Excepto en ese punto», insinuando que sea cual sea el camino que Pilatos elija, para él todo será igual, me incomoda aún más por esa razón.

Voy a eludirlo para aventurar esta interpretación:

Ya condene a Cristo o lo deje en libertad, Pilatos termina siendo exiliado a Vienne, en la Galia, donde se suicida, pero esta coincidencia de hecho entre dos universos no implica un retorno a la unidad histórica, ni siquiera a nivel individual y anecdótico. Se trata de dos muertes diferentes, como las de Pedro Damián.

En la hipótesis en la que deja que crucifiquen a Jesús, Pilatos abre las esclusas por las que corre el río de la historia. Ha desempeñado su papel, tal y como estaba previsto, no ha podido zafarse de él y, como a Judas, no le queda más remedio que suicidarse por desesperación, para depurar su infamia, pues el suicidio, desde entonces, será un pecado mortal. En suma, es un mártir del siervo arbitrio ante el que ha accedido a doblegarse, agilizando el advenimiento de su dominio, en adelante absoluto.

En la hipótesis en la que deja en libertad a Jesús, la historia no tiene lugar, al menos en su forma trágica, porque de eso se trata, de la irrupción de la historia como finalidad y como tragedia. Pilatos es aquí el héroe del libre arbitrio, que opone victoriosamente al designio predeterminado. No se suicida desesperado, sino feliz, porque un hombre libre puede renunciar a la vida en el momento en que lo considere oportuno (y poco importa si esa oportunidad es una desgracia). Su acto afirma de nuevo, con claridad, el límite del poder de los dioses que ya una vez había logrado desviar.

Se podría objetar que este límite que acota, según unos filósofos paganos, el dominio de unos dioses paganos, no vale para el dios de los judíos, y que por mucho que Pilatos creyese en los dioses paganos, su lugar estaba en los planes del dios de los judíos, a lo cual podemos responder que el libre arbitrio depende de la fe que uno tenga en él y la conclusión de Caillois, que probablemente no leyó a Renouvier (no lo cita en su *Remarque sur le temps irréel)* se asemeja a la del filósofo francés, su predecesor. Así escribe el protestante perseguido, autor del último apéndice de *Ucronía:*

> Si los hombres hubieran creído con firmeza y dogmatismo en su libertad, en cualquier época, en lugar de acercarse y creer de manera muy lenta e imperceptible para un progreso que tal vez sea la esencia del progreso mismo, desde tal época habría cambiado la faz del mundo.

(¿Creemos ahora más en nuestra libertad, vemos algún rastro de ese progreso? Por mi parte, lo dudo.)

El proyecto de Caillois, como el de Renouvier, tiene toda la apariencia de un juego, de una especulación gratuita. Una selección metódica, nada apasionada, ha presidido la elección del nodo temporal, el inventario de las variables que pudieron conducir a una historia o a la otra.

Sin embargo, estas construcciones mentales no carecen de melancolía. Vivimos –según esas construcciones– en el mundo de la historia, en el mundo judeocristiano, en el mundo del destino que es, según la magnífica fórmula de Hegel, «la conciencia de sí mismo, pero como enemigo». Tal vez, si hubiéramos querido, cuando aún había tiempo, podríamos haber vivido en un mundo menos inexorable, aquel que la civilización grecorromana representó en otra época para los modernos, un mundo donde los hombres vivían y morían como seres libres, privilegio que la historia derogó definitivamente. Lo queramos o no, desde la flaqueza de Pilatos o la de Marco Aurelio, tenemos que ejecutar sus estratagemas, ser la herramienta de sus planes tortuosos.

Frente a esta obligación, *Poncio Pilatos* y *Ucronía* esbozan una declaración de la objeción de conciencia; una melancólica (porque en adelante será inútil, pero... ¿quién sabe?) pedagogía de la libertad.

No pretendo afirmar que Roger Caillois ni Charles Renouvier hayan sido mártires de la conciencia desdichada, ni helenistas nostálgicos. Tan solo que tanto ese poeta altivo, tan enamorado del misterio como del rigor, como ese filósofo laico albergaban en secreto al mismo hombre, decidido a decir que no. La voz del hombre que perdió la batalla hace casi veinte siglos no está silenciada del todo en sus libros.

Está claro que no podemos hacer que lo que ha sido no haya sido, pero podemos, por el contrario, sin escándalo ni pruebas, sostener que lo que ha sido podría haber sido de otro modo, que el acontecimiento, antes de tener lugar, existía en un número casi infinito de formas virtuales y que había las mismas posibilidades de que adoptase una que cualquier otra de esas formas. Esta creencia ofrece una pobre ayuda en las decisiones presentes y futuras y, en el caso de decisiones ya tomadas, equivale a lamentar que ya no hay tiempo, pero hay varias maneras de ilustrar esto, varios métodos de anticipación y de reacción que me gustaría examinar.

La primera fase del razonamiento ucrónico corresponde a la alteración; la segunda, a las consecuencias. Podríamos representar la primera por un punto y la segunda por una recta o una curva, en cualquier caso, un símbolo que mida una duración, que puede extenderse desde el punto en que se altera la historia hasta el momento en que el autor escribe, aunque no necesariamente.

Para el ucronista, la precedencia no es obvia y depende del motivo que lo anime. Si lo único que quiere es poner a prueba un método, es comprensible que la alteración lo atraiga más que cualquier otra cosa y que se decante sin reservas hacia tal o cual acontecimiento, al que solo pide que esté cargado de consecuencias. Ahora bien, como he tratado de mostrar, es raro que el ucronista trabaje sin segundas intenciones. La ucronía es una historia gobernada por el deseo, lo que significa que sabe adónde va y que en realidad parte, de modo consciente o inconsciente, de los anhelos de su autor, es decir, de las consecuencias que quiere extraer. Por tanto, la alteración no es ni gratuita ni inocente, pues está al servicio de un objetivo y la elección de la causa no es más que el efecto de un deseo.

A Louis Geoffroy, en 1836, le habría gustado vivir en el reinado del emperador al que veneraba y se propuso extender ese reinado. Roger Caillois, en 1961, soñó que la civilización grecorromana duró hasta su época y que, en todo caso, no existió el cristianismo. Charles Renouvier, en 1876, lamentó que ese mismo cristianismo, una vez adoptado por los emperadores romanos, se convirtiese en un culto oficial e intolerante, responsable de las guerras de religión. Estos son tres motivos para entrar en *Ucronía.* Ahora, ¿cómo se las arreglan para promover estos cambios en la historia? O, dicho de otro modo, ¿a qué causa atribuyen el desarrollo de la historia real?

Hay gran cantidad de libros, a veces escritos por historiadores, más a menudo por filósofos, sobre lo que sus autores llaman la causalidad histórica. Tratan sobre causas suficientes, causas necesarias, causas alternativas; una quisquillosidad que recuerda un poco a las discusiones teológicas sobre el libre arbitrio. Porque, por ingeniosas que sean esas distinciones, ¿cómo ver en ellas otra cosa, puestos entre la espada y la pared, que unos métodos que intentan justificar lo que el autor llama el efecto, a saber, el acontecimiento que pretende analizar? Unas justificaciones *a posteriori* que se podrían aducir de modo igualmente convincente para dar cuenta de un acontecimiento distinto. Podemos encontrar causas excelentes para la Revolución de 1789: el descontento de la burguesía, las malas cosechas, el espíritu de las Luces, la impopularidad del rey, etcétera. Si no hubiera estallado esa revolución, otro acontecimiento –o bien la ausencia de todo acontecimiento– habría ocurrido en su lugar y, entonces, las mismas causas, consideradas de otro modo, habrían explicado ese otro acontecimiento, o bien su ausencia.

Hay una causa para esto: en historia no hay leyes que expliquen las revoluciones como se explica la ebullición del agua a cierta temperatura y, por tanto, no hay causas suficientes, a menos que demos a esta palabra, como sugiere Paul Veyne, el sentido de antecedente y que consideremos el tercer acto de una tragedia como la causa del cuarto acto.

Otra cosa: como la historia no tiene un principio y un fin (como la tragedia), una causa, sea cual sea el sentido que le demos a la palabra, siempre es el efecto de otra causa. Inscrita en esta concatenación vertical que hace que cada acontecimiento se derive de otro, hasta el infinito, también se inscribe en un entramado horizontal donde se manifiesta al mismo tiempo que otras causas, de modo que una masa compacta de antecedentes pesa e influye sobre el acontecimiento en gestación, sin que sea fácil aislar entre estos una causa determinante, ni prever gracias a aquella lo que ocurrirá. La claridad de una relación de causa a efecto está en proporción inversa a su pertinencia histórica: la decapitación de Luis XVI explica fácilmente su muerte, la sentencia contra él explica su decapitación, pero si tratamos de explicar la sentencia, esta afortunada cadena causal tiende a convertirse en algo infinito y enmarañado por la diversidad de actores, intereses y factores presentes. A partir de ahí, saber qué eslabón hay que suprimir para afectar todo el desarrollo de la historia depende, si no nos conformamos con frenar la guillotina, de una técnica adivinatoria cuyo instrumento podría ser la ucronía.

Porque, una vez eliminada de nuestra concepción de la historia, por higiene mental y en aras del placer, esta visión mecanicista vuelve a prevalecer en la historia. Algo que no podría, sin reducción, servir de método de explicación histórica puede ser una de las piezas de un juego literario y, en esta disciplina, pues no es otra cosa, el problema de la causalidad cobra sentido. Cuando alguien toma tal o cual opción narrativa, lo hace en relación con tal o cual idea que se hace, tal o cual ley que establece.

Por tanto, primera pregunta: ¿podemos considerar un acontecimiento causa de otro, es decir, suponer que, si suprimimos el primero, habremos suprimido el segundo?

Si apagamos el fuego, el agua deja de calentarse, pero si nos ahorramos la campaña de Rusia, ¿ponemos fin por adelantado al infortunio militar de Napoleón? Por supuesto que sí, si velamos piadosamente, como Geoffroy, por no atribuirle a continuación más que victorias, pero, si solo modificamos ese hecho y tratamos de deducir las consecuencias, eso ya es discutible.

Para sacarnos de dudas, el politólogo inglés Patrick Gardiner (*The Nature of Historical Explanation,* 1955) propone el ejemplo siguiente: los gánsteres Smith y Jones tienen que asesinar a alguien por cuenta de una poderosa organización criminal. Por si Smith y Jones fracasaran o huyeran, se ha previsto que otro grupo de gánsteres se aposte a cierta distancia, listo para sustituirlos, de modo que, ocurra lo que ocurra (incluso si hay que movilizar a un tercer grupo), la operación se lleve a cabo con éxito.

En nombre del mismo principio, Roger Caillois *(Posfacio para «Poncio Pilatos»)* se jacta de criticar un razonamiento que no obstante ilustró con una inteligencia a la que he intentado hacer justicia. A Pascal, que considera decisivas la longitud de la nariz de Cleopatra o la piedra en la vejiga de Cromwell, contrapone Montesquieu, según el cual:

> No fue el desastre de Poltava lo que perdió a Carlos XII. Si no hubiera sido allí, habría sido en otro lugar. Los accidentes de la naturaleza se reparan con facilidad; no podemos remediar acontecimientos que nacen continuamente de la naturaleza de las cosas.

Esta convicción no tiene mucho que ver con la predeterminación, que excluye, de todas formas, que los gánsteres Smith y Jones fracasen en su misión si está escrito que deben llevarla a cabo. Más bien corresponde a la experiencia trivial de la causalidad, según la cual un pantalón usado se desgarrará por fuerza antes o después, de modo que, si bien la causa accidental de la pérdida es tal o cual movimiento brusco o caída, la causa real es el desgaste del pantalón. En este sentido, el agotamiento del Gran Ejército explica mejor que el río Berénzina la caída del Imperio, porque es una causa más profunda.

Tal vez, pero ¿acaso invalida esta evidencia la ensoñación ucrónica, como parece afirmar Caillois?

No: de hecho, la incita a mostrarse circunspecta en la elección de la causa, a desplazar o, más bien, a ampliar su objetivo, remontando batallas, que le bastaban a Geoffroy, hacia factores más difusos y sólidos. Eso es, por lo demás, lo que hace Renouvier, cuya *Ucronía* es un fresco a largo plazo de historia de las mentalidades, de los movimientos económicos y sociales. No conozco ucronías marxistas, pero podríamos imaginarlas, llenas de relaciones de producción, de plusvalía y de ideología; tampoco conozco ucronías de los Anales, que se apartarían de la historia mediante un cambio de catastro, de rotación de los barbechos. Este desplazamiento, esta ampliación, solo refleja, dadas las circunstancias, el movimiento general de la historia, que no descubre ley alguna pero que, eso sí, no deja de extender su territorio. La ucronía, practicada por aficionados, se queda por fuerza un poco rezagada, pero ya solo pasar de Geoffroy (historiador de tratados y batallas) a Renouvier (historiador, digamos, a la manera de Renan) señala una posible expansión.

Posible, pero, por otra parte, en absoluto indispensable. La historia es un arte de la narración, no una ciencia, y si bien Copérnico deja obsoleto a Ptolomeo, Marc Bloch no invalida a Tucídides, del mismo modo que Schönberg no invalida a Haydn. Además, las amplias corrientes subterráneas que, supuestamente, gobiernan el curso de la historia, no impiden el accidente decisivo, el arrecife que emerge y que es el punto de apoyo más importante del ucronista. Quizá este tipo de accidente no se produzca sin motivo; para cambiar de metáfora, hablar de la chispa que prende fuego a la pólvora supone que el barril de pólvora estaba ahí, listo para incendiarse, pero, como el devenir histórico no obedece a las mismas leyes que el proceso de desgaste de un pantalón, como de hecho no obedece a ninguna ley, la chispa puede no saltar, la pólvora puede no incendiarse y puede después mojarse perdiendo así con la humedad sus virtudes explosivas, del mismo modo que determinados disturbios no llegan a convertirse en revoluciones aunque no falten las causas profundas y las revoluciones posibles se estancan y no estallan nunca. La fortuna, el voluntarismo, la inspiración del momento hacen realidad o no el acontecimiento preparado por la conjura de sus antecedentes.

En el caso de la fortuna, hablemos de su encarnación más espectacular, ese fenómeno mal explicado que se da en llamar personaje histórico.

En su relato «Si Luis XVI...», André Malraux imagina que Napoleón Bonaparte murió en 1796 durante una escaramuza en Bastia. Para un ucronista consecuente, este accidente arrastra la economía del Imperio. Para Montesquieu, para Caillois (cuando lo cita) o para Patrick Gardiner, se repara con facilidad y el nombre ridículo de otro militar no tardará en colarse y a encarrilar la historia.

Reconocemos, en los escritos de otros autores legos, la concepción de un teórico marxista como Plejánov *(El papel del invidividuo en la historia,* 1898), según el cual el personaje histórico es solo una conveniencia tan necesaria como intercambiable. Si Napoleón no hubiera desempeñado el papel de dictador militar que requerían las agotadoras guerras de la República, otro habría ocupado su lugar. «El poderío de Napoleón nos parece excepcional porque otros poderes similares no cruzaron la frontera entre lo potencial y lo real.» En parte, Napoleón debe su carrera a la muerte del general Jourdan. Podemos imaginar que este encabezaba la lista de la Providencia para ser la «espada de la República». Está claro que este tipo de hipótesis disgustaría a Louis Geoffroy, pero también podemos imaginar a un ucronista precavido que deseara lo contrario, es decir, que quisiera evitar el Imperio y, para ello, empezara a eliminar no solo a Napoleón, sino también a todos los Napoleones virtuales listos para tomar el relevo, un poco como los criminales de las novelas policiacas asesinan uno tras otro a todos los parientes que los separan de la codiciada herencia. Dejo el tema en manos de quien quiera retomarlo, con la advertencia de que, en esta hipótesis, la Providencia siempre tiene un peón de más que el jugador no había previsto.

Pero basta con alejarse de esta hipótesis, olvidar ese peón adicional que, para colmo, carece de verosimilitud. Reconozcamos que, incluso sin Napoléon, el 18 de Brumario se habría producido igualmente, gracias a algún otro joven militar ambicioso. Es evidente que la situación favorecía un acontecimiento semejante, pero ¿y después?, ¿habría sido igual la ambición del sustituto, habría sido suficiente para que, una vez asumido un papel hecho para esa circunstancia, le diera cuerpo y lo ampliara hasta el punto de hacerse coronar emperador de los franceses, de tener a toda Europa bajo su férula? Parece tan difícil reducir semejante auge individual, la conjunción de una fortuna y de un carácter que sobrepasan de tal manera lo que requiere la función de líder en un determinado momento, que la resistencia del mundo incita a los historiadores materialistas a dar preferencia a las causas «profundas», económicas, sociales, etcétera. Y, para terminar con Plejánov, convencido en 1898 de que las condiciones objetivas impedían la esperanza de una revolución en Rusia, basta con Lenin, que pensaba como él en 1905 pero que cambió de opinión en 1917, cuando él mismo asumió el papel de personaje histórico.

Por tanto, parece abusivo, tanto en historia como en ucronía, pensar que un imparable polvorín de causas producirá por fuerza su efecto, incluso si el agente detonador no pudiera cumplir su objetivo. Si suprimimos a Napoleón tal vez tendremos el 18 de Brumario, pero con toda seguridad no tendremos el Imperio. Si añadimos una piedra a la vejiga de Lenin, no tendremos Revolución rusa (lo dice Trotski). Si Jesús no acaba sus días en el Gólgota, no habrá cristianismo; y más aún, porque, en este caso, la hipótesis de un sustituto, que supondría a un Dios que no da pie con bola y se ve obligado a lanzar petardos mojados hasta que el bueno se digne estallar y aplicar, para el advenimiento de su hijo, el precepto genial del presidente Mao: «Una batalla, una derrota; otra batalla, otra derrota, y así sucesivamente, ¡hasta la victoria!»: esta hipótesis responde no ya tanto a un desmesurado método sistemático como a un despropósito blasfemo.

Por tanto, a condición de elegir uno de esos accidentes que no faltan en la historia (el personaje histórico, el alboroto que transforma una refriega en revolución) o de cambiar de modo narrativo (las corrientes «profundas»), el ucronista no tiene motivo alguno para estancarse en la desoladora impresión de que, haga lo que haga, no cambiará nada, que, si logra ahuyentar a Smith y a Jones, otros –llamémoslos Jeeves y Soames– ocuparán su lugar. Más le vale mostrarse exigente respecto al determinismo contra el que lucha y, en lugar de darse por vencido, de llamar argucias de la razón a los tanteos de un prestidigitador que se esfuerza por ocultar que le ha fallado el truco, reconocer la fuerza del azar, afirmar que, si Carlos XII no hubiera sido derrotado en Poltava o Napoleón en el Berénzina, no tendrían, por fuerza, que haber sido derrotados en otra parte. No es algo demostrable, pero es más satisfactorio para la mente y, sobre todo, sin eso, la ucronía sería imposible. Eliminemos, pues, a los gánsteres Jeeves y Soames.

En cuanto tenemos a Jeeves y Soames fuera de juego, el ucronista sabe que, si quiere impedir el crimen, sus únicos adversarios son Smith y Jones. Ahora viene la segunda pregunta: ¿cómo identificar a Smith y a Jones, vestidos con abrigos de color gris muralla, entre la muchedumbre que representa la miríada de causas que contribuyen al efecto más modesto, cuando tan solo una o dos se podrían considerar determinantes? (No hablo aquí de historia, sino de modelos que proporciona la ucronía, desprovistos de cualquier aplicación real.) En otras palabras, si admitimos que basta con sacar a Napoleón del tropiezo del Berénzina, ¿cómo arreglárselas para sacarlo? ¿A qué causa atribuir la derrota? Y, por tanto, ¿qué causa aislar para asegurar la victoria?

La cuestión no se plantea para Geoffroy, que corta el nudo gordiano con antigua simplicidad. Le basta con escribir, sobre el momento en que Napoleón comenzó a perder, que siguió ganando y así sucesivamente, hasta que no quedó nada por ganar. Confiando en la omnipotencia que procura la pluma, el ucronista ya no tiene que rendir cuentas, ni más instancia alguna ante la que rendirlas que la historia cuya arbitrariedad se arroga en su libro. No existe causa, solo un comienzo de la narración que decide relatar, como en una tragedia. En este punto, la ingenuidad de Geoffroy, diciendo simplemente «esto ocurrió así», me parece más razonable, por estar más cerca del relato histórico, que cualquier justificación compuesta por una apretada cadena de causas y efectos.

Caillois es casi igual de directo, aunque más sutil en la ejecución. Para impedir el cristianismo, hace depender su advenimiento de la Pasión, la Pasión de la sentencia de Pilatos y esta de sus estados de ánimo. En lugar de movilizar a ese personaje histórico, podía haber hecho otra cosa, como dejar que la muchedumbre decidiera el suplicio de Barrabás o suprimir la Resurrección, pero el acontecimiento demuestra en todas sus fases una determinación tan imperiosa que las modalidades de la alteración, en sí misma, casi no cuentan: basta con alterarlo en cualquier punto para hacer que fracase.

El asunto se complica en el caso de Renouvier. Había mil maneras de evitar la conversión de los emperadores romanos a la doctrina de un galileo crucificado durante el reinado de Tiberio. La más sencilla era suprimir al galileo, pero no era esa la intención de Renouvier, que no tenía nada contra Jesús y solo culpaba al poder temporal del cristianismo. Lo que permitió ese poder, según Renouvier, fue la invasión de la religiosidad oriental en el mundo grecorromano. Si este hubiera seguido siendo sano y filosófico, la religión de Cristo se habría integrado de manera razonable, la habrían practicado quienes así lo desearan y nunca habría ejercido ese terrorismo. Puesto que se considera a Alejandro responsable de ese peligroso y unívoco libre comercio espiritual, se podría suprimir a Alejandro o hacerle perder batallas. Si ahora buscamos en cuanto sucedió después, se trata de impedir la conversión de los emperadores romanos. Renouvier podría habernos ofrecido una biografía de Constantino que, en el año 312, hubiera sido pagano y tolerante y, por ello, habría perseguido a los cristianos por suponer una amenaza a la tolerancia. O hacer que prosperase el neopaganismo y atribuir a Juliano el Apóstata el mérito de evitarnos, a la larga, la matanza de San Bartolomé.

En lugar de lo cual –o de cualquier otra cosa–, Renouvier eligió ese episodio relativamente oscuro de la usurpación de Avidio Casio, que hace su libro difícil para un lector de cultura media u obliga a seguirlo armándose de valor y de un libro sobre la historia de Roma. Veo varios motivos para esta elección.

El primero, anecdótico, es la evolución de la cultura media. Mi primer contacto con *Ucronía* me dejó desconcertado, lo cual en el siglo pasado no habría sido así, porque habría estado más versado en humanidades. Además, Renouvier presta su manuscrito a un eclesiástico del siglo XVI que conoce a la perfección los detalles de la sucesión de Marco Aurelio y los supone conocidos, un hermetismo que se integra lógicamente en la voluntad de pastiche que encontramos en *Ucronía*.

Pero hay motivos más interesantes. Elegir como nudo temporal el nacimiento de Cristo o la conversión de Constantino es jugar con ventaja. Elegir, por el contrario, un acontecimiento no solo poco conocido, sino sobre todo secundario, es jugar al historiador clarividente y adelantarse a algunas de las objeciones que he intentado refutar hace un momento: exhumar causas más profundas (en el sentido de que los personajes históricos y los accidentes espectaculares ocupan menos espacio en el libro que los amplios movimientos a los que con frecuencia prestan atención los historiadores modernos) y a la vez más numerosas (lo que viene a ser lo mismo, porque el exceso es la única profundidad accesible para el relato histórico). De hecho, ninguno de los acontecimientos que narra Renouvier es determinante, pero su sucesión, su combinación aleatoria, la manera en que se aúnan con movimientos más difusos, termina modificando el curso de la historia. El caso de Avidio Casio no es realmente una causa, tan solo, como en Geoffroy, la *señal* de la bifurcación, el momento contingente en que Renouvier decide abandonar la historia conocida. Y si a pesar de todo queremos llamarlo causa, entonces ilustra esa idea extendida, pero curiosamente poco ilustrada en *Ucronía,* según la cual una pequeña causa puede originar grandes efectos.

Esta desproporción, de naturaleza esencialmente dramática, señala uno de los atractivos virtuales del género, que es poner al descubierto un modelo de «causalidad pura y perfecta», en el sentido en que los economistas clásicos hablan de competencia pura y perfecta, sabiendo que las condiciones que necesitaría nunca se dan en un mercado real. Las viscosidades, los contrapesos, las incoherencias que hacen de la historia algo imprevisible, inexplicable y por eso mismo interesante actúan con mucha mayor eficacia contra ese modelo que unas supuestas leyes o tendencias generales.

Lo cual no deja de ser cierto también para el principio de toda ensoñación ucrónica y capaz, tal vez, de proporcionar tramas narrativas estimulantes (eso es lo único que se le pide).

«Si la nariz de Cleopatra hubiera sido más corta, habría cambiado la faz de la tierra.» El conciso talento de Pascal nos ofrece, a la vez que un ejemplo de anacoluto para los gramáticos, el más sorprendente de los postulados ucrónicos, pero hay que llevarlo más lejos. No basta con decir que cuando una nariz bonita hace que un conquistador vuelva la cabeza para mirarla, el destino del mundo está en juego. En esto estaría de acuerdo incluso un causalista tibio, siempre que no estuviera obsesionado con la plusvalía o la ideología, pero, en el terreno de la pura especulación, tenemos que admitir que cualquier nariz puede producir el mismo efecto.

Los esbozos de discurso ucrónico que tratan del grano de arena que podría haberlo cambiado todo recurren con una constancia obsesiva a las desgracias físicas que sufren los grandes personajes del mundo: la piedra en la vejiga de Cromwell, la gota de Felipe II, las hemorroides de Napoleón. Pero, para el ucronista riguroso, es ilusorio establecer una jerarquía entre los acontecimientos según la cual los ardores de estómago de un monarca tendrían más incidencia en el destino de una colectividad que los del ciudadano común y corriente. De manera gradual, describiendo una trama muy apretada de relaciones causales, siguiendo estos «enlaces del mundo» que Léon Bopp –de quien volveré a hablar– quiso rastrear, podemos atribuir a este fenómeno menor una influencia en el estado de la economía en su tiempo, en su país, y, en consecuencia, en un tiempo posterior y en las antípodas. Para ello basta con afirmar que todo se sostiene (lo que se sostiene).

Recordemos esas novelas policiacas donde el criminal, para encubrir las pistas, comete una serie de crímenes en apariencia gratuitos, inexplicables; solo uno de ellos es relevante para él. Siguiendo este modelo, ya no recuerdo quién imaginó que, para eliminar sin despertar sospechas al amante de su mujer (que, de hecho, apareció muerto en una cuneta en 1916), un marido celoso emprende una carnicería cuya primera víctima fue un archiduque asesinado en Sarajevo. En principio, la ucronía debería ser capaz de generar ficciones igualmente retorcidas.

En este momento estoy sentado a mi mesa, tecleando las páginas que ustedes están leyendo. Empieza a caer la noche, presiono el interruptor que enciende la bombilla de mi lámpara: relación causal poco discutible, dicho sea de paso. Podría no haberlo hecho o podría haber esperado cinco minutos más. Un desfase ínfimo en esa ínfima parte de la historia que es mi historia personal. Aun así, el orden se vería modificado por esos cinco minutos de retraso, que podrían explicar mi pereza, mi distracción, mi avaricia, cualquier otra cosa. Suponiendo que se den las condiciones de la causalidad pura y perfecta (todo se sostiene), con mucho arte, imaginación y gusto por la catástrofe, un novelista puede reconstruir el implacable encadenamiento que va desde la alteración de este hecho anodino hasta, por ejemplo, la tercera guerra mundial.

No pretendo que estas gracias enseñen nada sobre los mecanismos de la historia (aunque solo sea porque se trata de mecanismos que también competen a la fabulación), ni siquiera que revelen un fértil material narrativo. Sé que son vanas, demasiado cerebrales como para concordar jamás con la densidad de nuestra experiencia cotidiana, pero, vanidad por vanidad, me sorprende que los ucronistas, en el punto en el que están, no se dediquen a ellas más a menudo. Si bien Geoffroy hace que las conquistas de Napoleón dependan del éxito de la campaña de Rusia, Marcel Thiry deja el desenlace de Waterloo en manos de la rápida ojeada de un caballero inglés y esa ojeada en manos de las experiencias de uno de sus descendientes, complicación que lo lleva en otra dirección, pero, aunque concedamos por principio que un solo hecho alterado altera en consecuencia la historia universal y que ningún Jeeves, ningún Soames pueden impedirlo, los ucronistas no dejan de dar prioridad a las narices o a las enfermedades de los grandes personajes y desdeñan las narices y las enfermedades de la plebe. La batalla que libra un gran capitán les parece, como a cualquier historiador, como al sentido común, más decisiva que la compra de una maceta de geranios por parte de un experto contable que, además, ha olvidado los guantes en casa de su amante. ¿Preocupación por el realismo, por imitar la historia verdadera asignándose los mismos límites? No obstante, esta prudencia incurre exactamente en los mismos reproches que el esquema radical que acabo de esbozar. Y me parece extraño que, en una disciplina que es, ante todo, sobre todo y únicamente un juego mental, nadie haya emprendido el proyecto de hacer funcionar con plena lógica la causalidad pura y perfecta que, sin embargo, es la condición de la experiencia. Quizá porque los ucronistas, sin confesárselo, creen jugar a un juego serio.

Ahora, en sentido contrario, veamos lo que ocurre cuando el ucronista elige una causa determinante e imagina lo que se deriva de su alteración. ¿Se lanza a partir de ese punto con toda libertad, sin saber adónde va? No, porque precisamente sabe adónde va: hacia un presente que anhela o que teme, pero que imagina, pues se ha devanado los sesos –o no– en busca de la causa que dé cuerpo a esa fantasía suya. Entre el punto de partida y la línea de meta, sea cual sea el orden del recorrido, hay una línea recta, discontinua o de puntos, a veces una solución de continuidad, y esta línea no señala por fuerza el camino más corto de un punto a otro (pregunta de Jean Tardieu: ¿cuál es el camino más *largo* de un punto a otro?).

Solución de continuidad: en *Pavana,* de Keith Roberts (1968), la Inglaterra contemporánea vive bajo la autoridad de la Iglesia católica romana, la Inquisición prospera, queman con entusiasmo a los herejes y la bula pontificia «Petroleum Veto» limita la producción de los vehículos de combustible. Esto se debe a la victoria de la Armada Invencible en el siglo XVI, victoria que el autor solo comenta de pasada. El desconcertante universo de *Pavana,* como la Norteamérica bajo protectorado japonés de *El hombre en el castillo,* nos son descritos como algo obvio, y sus autores hacen caso omiso de las raíces históricas con tanta naturalidad como una novela ambientada en la Francia actual pasaría por alto la batalla de Bouvines.

Línea de puntos o, más bien, de puntos suspensivos: una vez señalizada la bifurcación, después de que el erudito Marduk recuerde las grandes líneas del trayecto elegido por la historia real, Caillois concluye de modo lapidario: «La historia se desarrolló de otra manera.»

Línea plena y armoniosa la que traza el intrépido Geoffroy al hacer que una derrota que transforma en victoria se vea seguida por una serie ininterrumpida de victorias, como si, una vez suprimido el obstáculo, la mera lógica generase una curva de crecimiento exponencial de las conquistas, cuyo impulso ya no puede trabar ningún obstáculo. Sí, está la derrota de San Juan de Acre, pero no pone nada en entredicho y solamente dota al relato de un toque artístico: un efecto de contraste que presta la naturalidad de la vida a una línea que, sin él, habría sido demasiado pura como para convencer a nadie.

Por el contrario, línea discontinua, caprichosa, errática, la que dibuja Renouvier para que su *Ucro-*

nía se ajuste o al menos imite la incoherente verosimilitud de la historia. En lugar de arrogarse los privilegios (el primero, no tener que justificar nada porque, según él mismo afirma, es verdad), como hace Geoffroy, Renouvier se entrega al exagerado escrúpulo del falsario, duda, tiene mala conciencia, enumera los reproches que despierta su empresa. Se redime, por supuesto, haciendo valer la utilidad pedagógica de una estructura en la que incluso los puntos débiles denuncian la ilusión del hecho consumado. Espera «haber forzado a la mente a detenerse un instante en la idea de las posibilidades que no se han llegado a realizar, y así a elevarse más resueltamente a la idea de las posibilidades que aún están en suspenso en el mundo». Su libro es una máquina de guerra contra el prejuicio del fatalismo y ha tenido que armarlo con los materiales que tenía al alcance, pero como no solo es militante, comprometido con la vieja batalla contra el jansenismo, sino también filósofo, se declara culpable. «Perdonad las faltas del autor», pues, prosigue; más que de dificultades de ejecución, «habría que hablar de imposibilidad, si pensamos en la multitud de hipótesis que se entrecruzan y se amontonan ante el ucronista en cuanto decide sustituir, en un punto de la serie efectiva de los acontecimientos pasados, y desde ese punto en muchos otros, la trayectoria real por otra imaginaria.»

«[...] y desde ese punto en muchos otros [...].» Todo el problema está ahí. Porque la trayectoria del ucronista no puede ser una línea que vaya con la mayor rapidez posible hasta la meta. Es, en sentido estricto, una sucesión de puntos innumerables y, a partir de cada uno de esos puntos, irradia libremente una multitud de posibilidades. Por supuesto, podemos simplificar la tarea adoptando un principio de alternativa, la antigua y útil solución binaria, pero nos engañamos:

> La ficción es posible por la facilidad que la lógica y la moral nos dan para convertir las resoluciones humanas en dicotomía, reduciéndolas en cada caso a la cuestión de llevar a cabo o no un acto definido, pero lo cierto es que los modos de actuación posibles se multiplican y se cruzan en muchos sentidos antes de llegar a un resultado claro.

Renouvier no se conforma con señalar la arbitrariedad de estas decisiones acumulativas, la abusiva simplificación que invalida toda ucronía. Al contrario que Geoffroy, presumiendo que, una vez corregido el acontecimiento irritante, volvemos a partir de bases sanas, que todo, en adelante, se desarrollará *como antes,* también sabe que la primera modificación abre camino a una historia minada, completamente patas arriba, donde nada tiene ya motivos para ser como antes:

> La supuesta sustitución del hecho que, pudiendo haber sido, tiene además el privilegio único de haber sido, por el hecho que solo pudo ser, introduce, en primer lugar, la escabrosa cuestión de saber si

la dirección imaginaria es la que probablemente habría ocurrido como resultado común del hecho modificado mismo, de los hechos correlativos que han debido de cambiar al mismo tiempo y de los que uno conserva a modo de circunstancias y condiciones dadas.

La contaminación ucrónica atemoriza a Renouvier aún más que la arbitrariedad de sus decisiones, porque obliga a poner a prueba una especie de teoría del dominó histórico. El rigor impide hacer derivar de un cambio otra cosa que no sea la serie *estanca* de cambios que permitan llegar a la meta que uno se ha propuesto. Hay que considerar infinidad de cambios concomitantes que, de manera gradual, pueden producir un universo radicalmente *diferente*. En *Ucronía,* la precaución lógica de «todo lo demás debe ser igual» denuncia una prudencia censurable, porque, a medida que uno avanza en otra historia universal, el margen de «cosas iguales», no contaminadas, de «hechos que uno conserva a modo de circunstancias y condiciones dadas» no deja de reducirse.

Renouvier no está loco y cree en su libro: admite que el ucronista, para llevar a buen puerto su demostración, tiene derecho a aclimatar, en la selva en la que se aventura, a una parte de la población histórica que pertenece al tronco común, al mundo de antes. No hablo solamente de los datos que es razonable suponer inmutables (que los hombres duerman, coman, hagan el amor, sueñen por la noche, que la Tierra gire en torno al Sol, etcétera), sino también de elementos sometidos de modo más directo al devenir, sobre los que podemos decir sin escandalizarnos que se hallarían tanto en *Ucronía* como en la historia conocida. Tomemos, por ejemplo, volviendo a la cuestión del gran personaje, al reparto histórico de primer plano.

No es ni cierto, ni dudoso, ni probable, sino tan solo *posible,* que en un mundo en el que la adopción de Avidio Casio por Marco Aurelio hubiera conllevado una persecución aún más intensa contra los cristianos, Constantino hubiese reinado también un siglo después y, por qué no, cruzando de un salto dieciséis siglos, que el general De Gaulle concibiera un país que tal vez no se llamara Francia. Es posible y, además, del todo conveniente, por evidentes razones de familiaridad, porque al autor de una ucronía le interesa ser considerado con su lector, proporcionarle referencias a las que aferrarse en la amplia alteración de lo real que lleva a cabo. Ni siquiera se le puede reprochar, en la medida en que las figuras históricas son necesarias, en que el vivero de arquetipos no es inagotable, en que un personaje como De Gaulle, incluso en otro contexto, siempre puede ser útil, y no hay motivos para llamarlo Emmanuel Carrère en lugar de Charles de Gaulle.

Creo que el quid de la cuestión está en no abusar de este recurso, por motivos de verosimilitud estadística o, también, por razones de estética, más que de lógica. Incluso en el caso de ucronías a corto plazo, resulta cargante encontrar al completo, sin un solo intruso, a todo el grupo de teatro histórico, interpretando una escena en *Ucronía* en la que solo la intriga es diferente. En *Napoleón apócrifo,* todos los miembros conocidos de la familia imperial, todos los mariscales, todas las personalidades del mundo de las artes y de las ciencias salen a saludar y el principio de crecimiento exponencial hace que sigan acumulando medallas, títulos nobiliarios y honores. Casi ninguno consiente en hacer mutis y, además, no aparece ningún recién llegado que indique una renovación del elenco. Alguien dirá que ya hemos visto una estabilidad semejante, que las gerontocracias soviética o china no nos han acostumbrado a un personal más cambiante, además de que el libro de Geoffroy es una especie de *leyenda dorada,* y que, como imagina Caillois, si Cristo hubiera vivido más tiempo, no por fuerza habría aumentado el número de los apóstoles, y perdonaremos fácilmente a Geoffroy por lo petrificada que es su especulación. Es más irritante, porque no tiene ninguna gracia, leer ucronías cuyo único recurso es modificar una situación histórica mediante una simple inversión y mostrar cómo se habrían adaptado a la nueva historia los actores reales. Cuando Randolph Hobban imagina la victoria de Alemania, con la conferencia de Potsdam replicando la de Yalta y los redactores de *Temps Modernes* luciendo galones en el seno de la jerarquía nazi; cuando Kingsley Amis, en *La alteración* (1976, penosa secuela de *Pavana,* en la que la Inquisición también reina en la Europa moderna), nos muestra a Jean-Paul Sartre como director de los jesuitas, sentimos menos pena por la indigencia de esos efectos cómicos que por la especulación ucrónica que es su pretexto.

Y como se trata de un juego, como la probabilidad de los acontecimientos, como pone de manifiesto Renouvier, se vuelve muy deprisa incalculable, pues esos acontecimientos atañen solamente a lo *posible,* el rigor me parece situado en el lado opuesto, el lado de Caillois, que solo dice esto: salvo en un punto fortuito (el suicidio de Pilatos), la historia no se desarrolló como predijo Marduk, sino de otra manera, es decir, que no conlleva ni reyes de Francia, ni descubrimiento del Nuevo Mundo, ni cuadro de Delacroix que represente a los cruzados en Constantinopla, ni páginas de Baudelaire sobre el cuadro, ni artículos de crítica sobre las páginas de Baudelaire, ni reconstrucción del relato de Marduk por parte de un escritor llamado Roger Caillois, ni nada de todo cuanto nosotros conocemos.

Entonces, ¿qué? ¿Qué sería esa historia que se habría desarrollado de otra manera?

Por supuesto, Caillois no dice una palabra. Adivina que este programa de alteración total no es más aplicable que el de los novelistas de ciencia ficción que deciden describir un mundo que no tiene nada que ver con el nuestro, renunciar al antropomorfismo o a la comunicación verbal con el pretexto de que sus extraterrestres no están hechos como nosotros, no tienen la misma percepción y, además, la experiencia contenida en el concepto de percepción no tiene sentido para ellos, pero podemos soñar. Pensar, por ejemplo, en un detalle estúpido: el uso del tiempo verbal.

Todas las ucronías están redactadas en pretérito indefinido o en presente, como cualquier relato histórico o novela. Hay varias razones para ello: hay que crear una ilusión, claro, no renunciar a un prestigio gramatical reservado para el relato de lo real o para una ficción que se atribuye la misma verosimilitud que lo real. Además, pensamos que el uso sistemático del condicional pasado haría la lectura fastidiosa. Podemos resumir el argumento de un libro diciendo: «Si Cristo no hubiera sido crucificado, el cristianismo no existiría», pero continuar con ese tiempo verbal durante toda la narración supondría infligir al lector un aburrimiento inútil y al autor el cilicio de un desmentido constante (por lo demás, el desmentido con el que el ucronista se tortura a sí mismo es la dificultad que debe superar). Una vez apartadas estas objeciones de aprobación o de convención, la pregunta sigue en pie: ¿sería concebible, en una misma obra, escribir en condicional pasado lo que atañe a la ucronía y en pretérito indefinido todos los predicados a los que el cambio de trayectoria no afecta? A pesar de las dificultades de concordancia, sería un modo de establecer la frontera o, más bien, de hacer constar su imprecisión. ¿Qué es lo que sigue siendo igual? ¿La naturaleza humana? ¿El clima? –¿y si la entrada en otra historia universal afecta el movimiento de los astros?, aunque, en la obra de Geoffroy, los hombres del emperador aprenden el arte de que la meteorología les obedezca–. ¿La tradición secular que Kronenbourg se jacta de conservar para elaborar su cerveza? ¿Los datos eternos del mundo físico?

Incluso si admitimos que en Ucronía seguiríamos percibiendo el prisma de colores como nuestros ancestros del tronco común, nuestros homólogos espectrales de la otra historia, ¿podríamos escribir sin escrúpulos una frase tan leve como «Pedro se habría sentado en el sillón. Un sillón que estaba tapizado de terciopelo rojo»? Los actos de Pierre, héroe ucrónico, están regidos por el condicional. ¿La existencia del sillón, el color de la tapicería, siguen siendo, por el contrario, independientes de una alteración temporal llevada a cabo hace varios siglos?

He puesto este ejemplo deliberadamente, porque estimuló la imaginación de uno de los autores aquí citados, Marcel Thiry. Al final de *Échec au temps,* una vez realizada la retroacción, el narrador regresa a su habitación de hotel en Ostende y se da cuenta de que el sillón sigue tapizado de terciopelo rojo, tal como lo recuerda. «Si lo hubiera encontrado de color azul, ¿qué novela habría hecho falta imaginar para explicar por qué la victoria o la derrota de Wellington influyó en la elección de color de un hostelero de Ostende en el siglo XX?» Que yo sepa, nadie ha escrito esa novela, pero el fragmento anterior indica que Thiry, como yo, tal vez como muchos otros, la imaginó.

Volviendo a la versión gramatical de esa novela, podríamos pensar que todo cambia en ella poco a poco sin dejar de avanzar. Que empieza en el pasado, en el tiempo del tronco común, y, después, una vez iniciada la otra historia, mezcla pasado y condicional, a medida que la ucronía contamina el mundo provocando sacudidas tentaculares en las cadenas de causas y efectos que tejen el devenir y, más tarde, deja que los elementos comunes sean cada vez menos frecuentes, que los vestigios del antiguo orden caigan en desuso o cambien –incluso los datos físicos, ¿por qué no?–, que el libro termine escrito por entero en condicional y que la evolución en él sea tan completamente divergente de la nuestra que las últimas páginas resulten incomprensibles para nosotros, como si estuvieran escritas en otro idioma, con otro alfabeto. Este libro podría ser un artefacto ucrónico, un objeto procedente, a través de quién sabe qué contrabando, de un universo paralelo que habría descubierto la existencia de los otros universos posibles y la manera de comunicarse con ellos; este libro sería un regalo de los habitantes de ese universo al nuestro (que fue el suyo en la época del tronco común), una guía progresiva ofrecida como embajada para darse a conocer e inaugurar un diálogo bilateral. Los expertos se esforzarían por descifrar los últimos capítulos y determinar su origen, como se escrutan los manuscritos del mar Muerto o las estatuas de la isla de Pascua.

Por lo demás, existe una novela que, sin caer en este tipo de juegos, se presenta, no ya como una ucronía –solo contiene unas pocas páginas ucrónicas en sentido estricto–, pero sí como un artefacto procedente de Ucronía. Cuando abrimos *El sueño de hierro* (1974) de Norman Spinrad, uno de los mejores autores de ciencia ficción norteamericanos, vemos que el título y el nombre del autor son un trampantojo y que la obra, *Lord of the Swastika,* es una novela de ciencia ficción escrita por Adolf Hitler.

Viene precedida por una nota del curador (Spinrad) dedicada al novelista (Hitler), nota que transcribo casi íntegra:

> Adolf Hitler nació en Austria el 20 de abril de 1889. En su juventud emigró a Alemania y sirvió en el ejército alemán durante la Gran Guerra. Luego intervino durante un breve periodo en actividades políticas extremistas en Múnich, antes de emigrar finalmente a Nueva York en 1919. Mientras aprendía inglés, consiguió ganarse precariamente la vida como artista de bulevar y traductor ocasional en Greenwich Village, el barrio bohemio de Nueva York. Después de varios años, comenzó a trabajar como ilustrador de revistas e historietas. En 1930 publicó su primera ilustración en la revista de ciencia ficción titulada *Amazing.* Hacia 1932 ilustraba regularmente las revistas del género, y hacia 1935 ya sabía el suficiente inglés como para iniciarse como autor de ciencia ficción. Consagró el resto de su vida a la composición literaria en este

género, y también fue ilustrador y editor de un popular fanzine. [...] En 1955 se le concedió el premio Hugo póstumo en la Convención Mundial de Ciencia Ficción de 1955 por *El señor de la esvástica,* que había finalizado poco antes de morir en 1953. Durante muchos años había sido una figura conocida en las convenciones del género, y era muy popular en su condición de narrador ingenioso y entusiasta. Desde la publicación del libro, los atuendos coloridos que creó en *El señor de la esvástica* fueron temas favoritos en las convenciones anuales del género. Hitler falleció en 1953, pero los relatos y las novelas que dejó escritas son un verdadero legado para todos los entusiastas de la ciencia ficción.

Tras esta emocionada biografía, la novela en sí constituye un asombroso desmontaje crítico de ese género propio de la ciencia ficción norteamericana que llamamos *space opera,* ópera espacial, señalando sus componentes abiertamente fascistas. Y la ópera espacial que escribe en Ucronía un inmigrante austriaco un poco chiflado, más o menos talentoso, llamado Adolf Hitler, traslada al espacio galáctico una historia que suena familiar: la toma de poder, en un planeta lejano, por parte del superhombre Feric Jaggar y su séquito de Señores de la Guerra, la exterminación de mutantes impuros, el milenio que promete con énfasis el desenlace, todo ello formando un magma hinchado de batallas, de descripciones apocalípticas que arrancaron a uno de los compañeros de Spinrad, Harlan Ellison, esta admirativa apreciación: «¡Si Wagner hubiera escrito ciencia ficción, se habría parecido a *El sueño de hierro!*»

Por lo que yo sé, el hallazgo de Spinrad sigue siendo un caso aislado, pero podría crear escuela. No solo hay batallas, sino libros y ensoñaciones que se podrían importar de Ucronía, y los falsarios que las escribiesen podrían ofrecernos algunas respuestas muy retorcidas al viejo debate sobre la influencia del medio en el artista. ¿Habría escrito Flaubert *Madame Bovary* en Ucronía? Si bien casi todas las obras de arte nos parecen tributarias de su época, del estado de la sociedad, es decir, también de formas de escribir pasadas de moda cuya sucesión quizá esté tan decidida de antemano como la de las crisis ministeriales, ¿no existen algunas que parecen distintas, que no deben nada a nada, que no demuestran nada, huevos de ángeles caídos del cielo de las ideas? Y, si es así, ¿existirían esas obras no solo en una historia de las instituciones o de los ciclos económicos, sino también de la poesía, que es completamente diferente?

Si Jesús, Napoleón, Shakespeare o François Coppée no hubieran existido, si solo conociéramos el agua, las rosas, el impulso amoroso, la muerte y las penas cotidianas –porque, hasta ahora, la ucronía apenas tiene influencia sobre ellos–, ¿habrían escrito los mismos versos Villon, Rilke y Mallarmé?

Suponemos que no, pero, entonces, ¿cuáles habrían escrito?

Hablando de procedimiento, quisiera subrayar de nuevo el refinamiento que consiste en introducir alteraciones, no ya en el mundo ucrónico –del que son fundamento–, sino en la descripción del mundo real mediante la cual la mayoría de los autores que examinamos aquí completan y profundizan su ficción.

El ucronista no resiste a la tentación de la *mise en abyme.* Incluso Geoffroy cede a ella en su *Supuesta historia,* que simula querer acabar con una campaña de desinformación. Renouvier confía a los diversos depositarios de su manuscrito la tarea de esbozar, de manera paralela a este, la desoladora imagen de lo que ha ocurrido en realidad; algo que estos autores no niegan, que han padecido mientras escribían. Y el mago Marduk, en el libro de Caillois, resume para Poncio Pilatos la historia del mundo en que Cristo será crucificado, historia cuyo punto final provisional es la reconstrucción de su conversación, diecinueve siglos más tarde, por un escritor francés con un «nombre aceptable». Todos cuentan de estraperlo la historia que se considera real, ya sea para refutarla o para deplorarla, e imagino que esa es la historia que se propone contar Randolph Robban con el título hipotético *Si los aliados hubieran ganado.* Este autor desvalido no leyó a Philip K. Dick, que partió de un postulado semejante pero que no tardó en liar las cosas.

En el mundo de *El hombre en el castillo,* donde las potencias del Eje han ganado la guerra y Norteamérica vive bajo protectorado nipón, la gente se pasa a escondidas una obra de ficción titulada *La Sauterelle pèse lourd* [La langosta se ha posado], título cuyo eco me complace encontrar en la maravillosa película de Terry Gilliam *Brazil,* ucronía indirecta donde toda clase de cataclismos son provocados por la caída inicial de un escarabajo en las entrañas de un ordenador de aspecto tan vetusto que uno se pregunta qué descarrilamiento temporal ha podido llevar a fabricarlos así, en 1985. Esta *Sauterelle,* en todo caso, es una ucronía, de la que uno espera que describa sabiamente nuestro propio mundo, que todas las ucronías transforman de manera automática en otra ucronía. Pero no, no exactamente: Alemania y Japón han perdido la guerra, es cierto, pero ha terminado en 1947. En 1960, Churchill sigue siendo primer ministro de Inglaterrra, etcétera. Se trata de una ucronía adicional, uno de esos universos posibles que pululan en torno al que ha tenido la oportunidad de existir.

Dick va un paso más allá en las últimas páginas de su libro, en las que la heroína acaba conociendo al ucronista, «el hombre en el castillo». Entonces, todo da un vuelco, todo ocurre como si el mundo del libro fuera el verdadero, como si la Norteamérica japonesa se volviera ucrónica a su vez. El libro de los oráculos confirma lo que es más que un regreso a lo real o una pirueta final: una caída en picado y sin retorno en el caos de lo posible, donde todas las virtualidades coexisten, se entremezclan, se refuerzan o se debilitan entre sí. La realidad desaparece en beneficio de la ilusión, una ilusión omnipresente en la obra posterior de Dick, simulacros dentro de simulacros, como muñecas rusas, que derogan el mundo real o, más bien, *son* el mundo real, el único mundo real.

Porque la ucronía no es más que una posibilidad entre otras, una trayectoria única, imaginada por un individuo a partir de decisiones arbitrarias. Y el universo en el que vivimos no vale mucho más.

Esta intuición se deriva de la indiferencia. Escribir una ucronía, por regla general, es dar cuerpo a la historia que uno imagina. Esa, y no otra. La idea de la pluralidad de los mundos históricos no consolaría mucho a Geoffroy, que solo ve dos: el malo, en el que Napoleón es derrotado, y el bueno, en el que vence. Sufre porque vive en el malo, alivia su dolor imaginando el bueno y ni se le pasa por la cabeza la invariable virtualidad de una infinidad de otros mundos. Cuando, al contrario, como los héroes de Dick, como el mismo Dick, no se tiene interés en actuar, conjurar no conlleva un cargo de conciencia, porque se sabe que todo es vanidad, que la historia puede dar cualquier giro sin cambiar una única cosa, siempre igual: que el ser humano sufre, que ama en vano y que al final muere; entonces, uno es más sensible a la pluralidad de los universos posibles. Todos son equivalentes, todos existen.

Esta idea puede ser trágica, como en Dick, o eufórica: liberados del deseo, revoloteamos de una rama a otra del árbol de las posibilidades, sin posarnos en ninguna. Puede ser consecuencia tanto de una amargura universal como de una divertida ironía.

André Maurois se expresó en este último registro, tal vez queriendo ser un Chesterton francés y arriesgándose más de lo que parece con ejercicios de narración especulativa. Sus *Fragmentos de una historia universal* (1928) son un interesante manual de historia futura, su *Si Luis XVI...* es una ucronía.

Publicado por primera vez en una antología inglesa y después recuperado en francés en 1933, en la antología *Mes songes que voici* [Les presento mis sueños], este relato narra la llegada al Paraíso de un viejo historiador que acaba de morir. Como «el paraíso de los eruditos es seguir con sus estudios durante toda la Eternidad, en un mundo en el que todos los documentos son verdaderos, todas las fuentes están verificadas y todos los testigos renacen», visita, guiado por un arcángel, los «Archivos de las posibilidades que no llegaron a ocurrir», una inmensa biblioteca en la que todos los títulos empiezan con la palabra «Si...». El historiador, especialista en la Revolución francesa, tropieza con el libro *Si Luis XVI hubiera tenido una pizca de firmeza,* una ucronía bastante banal en la que el rey se niega a revocar el Parlamento, pone toda su confianza en el hábil Turgo y reina sin problemas hasta 1820, pero este libro, en el que no aparece Napoleón y, si buscamos en el índice, Bonaparte figura como «joven corso de oscura carrera pero de carácter noble y ardiente, que murió en el pórtico de la iglesia de Bastia durante una revuelta local, el 3 de septiembre de 1796», solo es un título entre infinidad de otros, y todos desarrollan un «Si...» diferente. Las bifurcaciones son de importancia variable: en el estante «Si Francia» se encuentra, por ejemplo, *Si Dagobert...*, pero también *Si Pierre, del pueblo de Darnetal, bastante cerca de Ruan...*

De hecho, estos archivos inagotables no tienen el nombre adecuado, porque, salvo una, las posibilidades que albergan no se han hecho realidad para todos y cada uno de los fallecidos que los visitan, pues cada cual procede de un universo específico. Pero todos son reales para el bibliotecario celestial, que no los diferencia en absoluto. Según esta venturosa teoría, la ucronía, lejos de ser un espejismo, es una modesta visión de una realidad infinita, un vistazo furtivo y antecedente a las estanterías de esta biblioteca a la cual los hombres, atrapados en su universo, solo tienen acceso una vez despojados de su exigua existencia histórica. Perder una batalla es ganarla en otro libro.

El historiador, maravillado, quiere conocer el futuro. El arcángel le responde: «Ah, todos nuestros libros terminan en el momento presente. Dios deja en manos de cada cual el poder y la opción de crear el siguiente.»

Es una solución elegante al problema del libre arbitrio. Si todo puede ocurrir, todo ocurre. El hombre toma todas las decisiones posibles, no existe, por un lado, la historia (verdadera) y por otro la ucronía (falsa), sino una infinidad de universos paralelos creados por el ejercicio brutal del libre arbitrio, cada cual regido por el determinismo. Está claro que lo que perciben los hombres es el determinismo, y lo consideran una atadura, pero, para el archivista, su libre arbitrio y las innumerables ramificaciones que genera son la verdadera realidad. En el túnel de nuestras vidas, hay vías de salida a cada instante, vías que llevan a otros túneles, y las recorremos todas, sin excepción. Lo que permite el paso de la ucronía a la noción de universos paralelos es lograr que veamos algunas cuando las hemos dejado atrás, asegurarnos de que *también* las hemos recorrido. La ucronía es puro lamento, la idea de universos paralelos es un pobre consuelo, porque incluso si figuramos en una infinidad de libros, solo leemos uno y, desde nuestro punto de vista –el punto de vista celestial no nos importa mucho–, siempre es la historia la que se sale con la suya.

Y a propósito de historia... No voy a extenderme sobre los universos paralelos, cuya intuición es un avatar, desesperado o lúdico –a menudo las dos cosas van juntas–, siempre indiferente, de esa tristeza más densa y sofocante a cuyo alrededor gira la ucronía. No voy a describir esas regiones de lo imaginario –porque el universo paralelo, como la utopía, se desarrolla más en el espacio que en la duración– que son los Brigadoon, los Shangri-La de las comedias musicales, el Erewhon de Samuel Butler, la Transilvania históricamente incierta de las películas de terror, la Syldavia y la Borduria de Hergé o la Caronia de Renaud Camus. Antes de pasar a las lecciones que el punto de vista ucrónico nos puede dar sobre la conducta en la vida cotidiana, prefiero hablar de la ayuda que puede ser para el historiador.

Al iniciar esta obra, esperaba vagamente sugerir una lectura marginal de la historia en el espejo de la ucronía. El ejemplo de la utopía me incitaba a ello. Animado por la etimología, pensaba que una «cronología de la ucronía» sería la digna réplica de una «topología de la utopía», que el encuentro de ambas aberraciones podría plasmar el reflejo de «otro lugar y de otra manera» que atormenta al imaginario histórico.

Me desengañé: el prefijo privativo es el único atributo que emparenta la ucronía y la utopía. Y esta última está mucho menos privada de todo: la ocupan, desde siempre, los sueños que agitan de forma simultánea a las civilizaciones. Las ciudades, las instituciones y los hombres que imagina explican las ciudades, las instituciones y a los hombres que la imaginan. Además, no contenta con dar testimonio, la utopía ejerce una influencia, toma cuerpo a su vez en la historia de la cual emana. Ha habido poderes que han hecho realidad sus esbozos. Como puso de manifiesto Gilles Lapouge en un libro espléndido *(Utopie et civilisations,* 1973), cuyo equivalente ucrónico me habría gustado escribir, la institución de los jenízaros, la administración de los jesuitas en Paraguay, por no hablar de los Estados totalitarios, han cumplido con gran precisión los deseos de urbanistas, adoctrinadores o eugenistas a quienes no se ha tardado en ver como dulces y poéticos soñadores. En resumen, la historia vierte sus sueños en la utopía, que, a su vez, se vierte en la historia. Este libre cambio requiere un análisis.

La ucronía sabe demasiado bien que no puede influir en la historia –salvo mediante simulacros impuestos *a posteriori* por una tiranía– y tanto es así que incluso se define por esta misma impotencia, pero no por ello la refleja con mayor intensidad. Demasiado aislada, demasiado discontinua, solo consigue atraer a sus adeptos verbales, esos quejicas baratos que a veces cogen la pluma para desahogarse del sentimiento de que los han engañado. Uno ni siquiera trata de clasificarlos o, como mucho, los mete en el cajón de sastre de los iluminados benignos, de los heteróclitos, de esos chalados literarios que Raymond Queneau se propuso descubrir en las estanterías de la Biblioteca Nacional. O la ucronía despierta el interés de mentes curiosas que, lejos de ilustrarla con total ingenuidad, formulan su infructuosa teoría. Y, finalmente, los novelistas acuden a ella para describir universos paralelos, para ejercer en completa libertad su privilegio de demiurgos. Para un historiador, no hay mucho que aprender de todo esto.

Por lo demás, el historiador tampoco se ocupa de la ucronía. La utopía ha estimulado la imaginación de legistas, urbanistas y políticos, es decir, de los profesionales a los que concierne. No hay duda de que en sus anales se cuenta un buen número de iluminados, pero aun así fue un canciller de Inglaterra quien le dio su nombre. Del mismo modo, podríamos suponer que la ucronía sea para los historiadores, si no un objeto de estudio –un objeto demasiado *raro* para elegirlo–, al menos sí una herramienta, un procedimiento de análisis, una especie de clavija epistemológica. Al revelar por qué las cosas podrían haber ocurrido de otro modo, podemos tener la esperanza de revelar por qué no ha sido así, por qué la historia se ha desarrollado tal como la conocemos. Si examinamos los complicados motivos que podrían haber llevado a Pilatos a dejar a Jesús en libertad, ¿no entendemos mejor, por reducción al absurdo, por qué no lo hizo y por qué somos cristianos? Lo malo es que, si emprendemos este camino, corremos el riesgo de terminar siendo más deterministas que los historiadores más deterministas, convirtiendo la intuición de que podría haber sido de otro modo en la prueba triunfal de que realmente no pudo ser de otro modo, caso ganado de antemano que no necesita abogado defensor.

Y, por si fuera poco, mal caso. «El mayor peligro que acecha al historiador es la historia como justificación de lo que ha sido», escribió Theodor Schieder. Paul Veyne, que lo cita, afirma: «Nadie puede ser historiador si no percibe, en torno a la historia que ha ocurrido realmente, una multitud indefinida de historias posibles, de cosas que podrían ser de otra manera.» Siendo así, ¿podría el razonamiento ucrónico desempeñar en el cerebro del historiador el papel de una discreta llama piloto, encargada de recordarle en todo momento la función del azar, el bullicio periférico de las historias virtuales y abortadas?

No cabe duda, pero para mantener encendida esa llama piloto, no hay necesidad alguna de escribir ucronías, ni de leerlas, tan solo es necesario desempeñar bien el oficio de historiador. Todos pensamos que, si Jesús no hubiera muerto en la cruz, si Napoleón hubiera ganado en Waterloo o los alemanes en 1944, la historia habría sido, sería diferente. La ucronía desarrolla una intuición tan común que no merece la pena perder el tiempo con ella, porque la modesta lección que pueden darnos sus extrapolaciones prescinde holgadamente de ellas para alcanzarnos.

Tenemos que aceptar que la ucronía no es ni un espejo marginal de la historia –como mucho, una esquirla de vidrio deslustrado, perdida en un terreno impreciso–, ni un método sesgado para desentrañar arcanos, porque la historia no tiene arcanos, ni leyes que podamos verificar por medio de la experiencia, como se hace en teoría económica, donde la ucronía tiene su lugar y también su corolario: la previsión. Solo es un juego intelectual, que uno puede jugar valiéndose de la historia universal o de cada instante de su propia vida. Como todos los juegos, incluidos los de la literatura, merece la pena por las alegrías fortuitas que puede darnos; por las emociones, serias y reales, que alberga; por nuestra capacidad de credulidad, de leer una historia a veces tan tediosa como la historia real con el mismo asombro con el que leemos esta. Porque ha ocurrido o porque, durante la lectura, hacemos como que ha ocurrido.

Hoy en día apenas se lee a Léon Bopp. No obstante, este escritor rumano, que tuvo su momento de gloria entre las dos guerras, ocupa un lugar especial en la historia literaria y, más aún, en la de la ucronía.

Léon Bopp siempre fue un hombre de grandes proyectos. *Jacques Arnaut o la Somme romanesque* [Jacques Arnaut o la Suma novelesca] (1933) es la novela de un novelista, cuya biografía del protagonista alterna con varios análisis de sus obras, cada uno de los cuales tiene el calibre de una larga novela. Sin embargo, esta ambición sigue siendo razonable si la comparamos con la que gobierna *Liaisons du monde* [Las relaciones del mundo] (1935-1944), obra total que no nos permite pasar por alto nada en diez años de historia contemporánea y cuya reedición en la *Nouvelle Revue Français* (NRF) alcanzaba las mil doscientas páginas, en dos columnas y con la tipografía de una Biblia para présbitas. Si consideramos este monstruo fuera del terreno de la ucronía, se trata de un punto límite de la experimentación literaria, un sueño de exhaustividad. Como ucronía, es apasionante porque el periodo que abarca coincide exactamente con el de su elaboración, de modo que es un ejemplo único de historia imaginaria redactada constantemente bajo la presión de la historia real.

La idea de Léon Bopp es simple: en su *Liaisons du monde* estará todo. La teoría filosófico-literaria que inventó encuentra aquí su aplicación: el «cataloguismo», basado en la encuesta estadística, asegura al novelista, al hombre de biblioteca, el control de toda la información disponible (podemos sonreír, pero un montón de gente seria persigue el mismo anhelo comprándose un ordenador personal). Bopp, como cataloguista, lo sabe todo y nos lo cuenta todo.

¿Qué significan diez años de historia? Pues abarcan los ámbitos de la política, la economía, la sociedad, las intrigas personales y públicas, la botánica, las epidemias de gripe, los fenómenos astronómicos, lingüísticos y morales, los cuadros expuestos en el Salón de París, la literatura, una debacle financiera, el matrimonio interesado de un hombre cínico, las inquietudes de su novia, grandes inundaciones, un escape de agua en el cuarto de baño, el encuentro de dos amigos en los bulevares y cómo uno le ofrece un cigarrillo al otro, que lo rechaza porque hace un mes que dejó de fumar, digresiones filosóficas, tráficos de influencias, la llegada a Europa de un microbio poco conocido, un naufragio, la suma de los aguinaldos recibidos por la portera de tal o cual edificio, el proyecto de restauración del edificio...

El rebuscado procedimiento literario de la enumeración heterogénea parece regir el proyecto de Léon Bopp. Lo examina todo minuciosamente, informaciones periodísticas alternan, día a día, con escenas de la vida personal, cientos de personajes aparecen, desaparecen, hacen política europea o riegan plantas. Ya no hay personajes históricos, todos lo son en este microcosmos hipertrofiado. No solo nos enteraremos de las convicciones, el aspecto, el carácter y las declaraciones ante la Cámara de un ministro, sino también de si ha tomado una segunda tostada en el desayuno, si quiere a su mujer, incluso cuál es su grupo sanguíneo.

A este respecto, poco importa que *Liaisons du monde* sea una ucronía. Podríamos imaginar escribir un libro de historia de esta manera, historia total donde las haya. No hay duda de que John Dos Passos acarició ese sueño, pero se esforzó por darle una forma polifónica. No parece que a Léon Bopp se le pasara por la cabeza poner ese esmero en la composición. Lo mete todo de cualquier manera en orden cronológico, sin pensar que no puede haber una cronología de todo, solamente cronologías de unidades. Nos dice que, el mismo día, se ha dicho tal cosa en el comité ejecutivo, se han extraído tantas toneladas de carbón de una mina y Fulano de Tal se ha cortado al afeitarse. Para un novelista, para un historiador, aunque sean unanimistas, estos tres hechos forman parte de tres categorías distintas que solo las necesidades de la trama o un efecto retórico de yuxtaposición permiten relacionar. Bopp confía en las virtudes del cataloguismo para dotar de unidad a estas informaciones heterogéneas. Todo se sostiene, luego todo vale para contarlo y, además, para contarlo en cualquier orden. Las relaciones del mundo son lo bastante estrechas como para que cualquier otra relación que superponga el novelista no sea artificial o carezca de interés. En resumen, Bopp afirma que el universo es infinito y se dedica de inmediato a la tarea de hacer inventario. La empresa impone respeto.

Para colmo, resulta que *Liaisons du monde* es una ucronía, pero cuya génesis es tan original como su ejecución, porque este libro, que abarca el periodo comprendido entre 1935 y 1944 (con un recordatorio, no obstante, de los años 1920-1935), fue escrito entre 1935 y 1944.

Al principio, Léon Bopp concibió su obra como una anticipación a corto plazo. La historia le dio alcance (un libro de ese formato no se escribe en ocho días) y tuvo que trabajar al mismo ritmo que ella, sin por ello renunciar a su hipótesis anulada, de ahí la bifurcación. La anticipación se convirtió en ucronía, fenómeno relativamente corriente; basta con que una vez llegados al acontecimiento que el escritor tenía en el punto de mira la realidad desmienta sus predicciones; eso es lo que le ocurrió a *1984* de Orwell (desventura que tuvo una adaptación muy fiel a la gran pantalla, filmada en 1984), a pesar de su carácter globalmente profético. Por el contrario, es menos corriente que la anticipación se transforme en ucronía no ya a la larga, sino día tras día.

En 1932, Bopp publicó en la NRF unos fragmentos de su futura gran obra con el título *Origine d'une nouvelle révolution* [Origen de una nueva revolución]. En ellos hace un análisis sintético de los años de posguerra y cree detectar el germen de una revolución bolchevique en Francia. Siguió siendo fiel a este postulado, incluso cuando la historia lo desmintió. El escaso margen temporal que se concedió hizo que dicho desmentido interviniese desde el principio de la composición del libro.

Por tanto, la revolución tiene lugar en 1935 (volumen redactado entre 1935 y 1937) y un Comité de cuatro miembros toma el poder. La continuación de *Liaisons du monde* está escrita durante la escalada de las amenazas y el final durante la guerra. Bopp está bien informado (como corresponde a un cataloguista) y, sin abandonar su Francia comunista, tiene en cuenta la actualidad y la transcribe en caliente. Describiendo con lucidez la situación internacional, la modifica en función del desfase ucrónico. La Francia soviética, desbordada por las fuerzas de oposición (reaccionarios, jesuitas, neocristianos, neopaganos, adeptos del erotismo, etcétera), debilitada por las divisiones en el Comité, declara no obstante la guerra a la Alemania hitleriana, que la invade en mayo de 1940. Dos miembros del Comité fundan en Londres el

Comité de Francia Libre, los otros dos se instalan en Vichy. En ese momento adivinamos a Bopp desbordado por su postulado: se esfuerza por amoldarlo a la historia sin por ello renunciar a él, pero hay que decir que la Francia comunista no se comporta de manera muy diferente a la Tercera República, ni a la Francia ocupada. La Resistencia se organiza, pasa a la clandestinidad y nos aburriríamos sobremanera si los detalles no impusieran la profusión de una historia auténticamente paralela.

Es imposible resumir más *Liaisons du monde,* pero podemos preguntarnos lo que ocurrió cada día, durante seis años, en la mente de su autor, imaginar la persistente idea fija que le hacía mantener el rumbo de su ficción mientras integraba en ella lo mejor que podía acontecimientos que la desmentían. Imaginemos un momento a Léon Bopp salir de su despacho al caer la noche, tras una jornada de trabajo, cenar en casa de unos amigos, comentar con ellos la actualidad, desgarrado entre lo que se dice, se sabe, se imprime y lo que ha escrito ese mismo día, lo que escribirá mañana distorsionando los acontecimientos que cuentan los diarios. Si pienso en esa distorsión, tengo la impresión de llegar al fuero interno del ucronista: huida de la realidad, desde luego, pero apoyada en una inmersión deliberada en lo real, sus hechos, sus cifras, su tozuda y sólida presencia.

Los demás ucronistas persiguen su quimera a un ritmo más sosegado. No se dan cita cada mañana con ese testigo irrefutable de la parte contraria que es la vida cotidiana. Se conceden un margen. Pero, en el fondo, su posición no es más cómoda por ser menos extremista: un equilibrista no gana nada destensando la cuerda. Al contrario, así aumenta el riesgo de caída, ya sea en la locura, la desesperación o el abandono.

De hecho, la verdadera novela de la ucronía se lee entre líneas. ¿Qué significa vivir *como si?* En un pasado apócrifo, pero sobre todo en el presente que revoca. A fin de cuentas, el desenlace de tal o cual batalla nos importa bien poco: la imaginación del ucronista no puede ofrecernos nada mejor que la historia real. La novela de su mente, los traqueteos de su proceso, sus dudas o su determinación, son más apasionantes.

El ucronista es consciente de ello y, para él, el recurso constante a la *mise en abyme* consiste en ponerse frente a un espejo, en quedarse absorto en la contemplación de su delirio, en someterlo a nuestra perpleja admiración. El ucronista no tiene más remedio que sumirse en su obra mientras la escribe y, a la vez, contemplarse haciéndolo, presa de un vértigo que Geoffroy, en su *Supuesta historia,* supo comunicarnos muy bien. Por mi parte, sueño con novelas cuyos héroes no sean ni Napoleón ni Avidio Casio, sino Louis-Napoléon Geoffroy, Charles Renouvier y Léon Bopp.

Existe al menos una novela del ucronista y, casualmente, es la más entretenida de este catálogo. En *Les enfants du Bon Dieu* [Los hijos del Buen Dios] (1952), de Antoine Blondin, este aficionado sentimental a la práctica de una disciplina que no conoce es un joven profesor de historia, obligado a enseñar todos los años a sus sucesivas clases un programa inmutable, desde nuestros antepasados galos hasta la actualidad. Es comprensible que este desarrollo cíclico, determinado por Malet e Isaac de modo tan inexorable como por los planes de Dios, escandido por la estación del bautismo de Clovis en el día de Todos los Santos y por el gasto de toda una fortuna en muguetes el 18 de Brumario, acabe cansando a un joven enamorado del cambio. Al llegar la primavera, un súbito brote en el árbol de la historia lo anima a no firmar el tratado de Westfalia. Por tanto, la guerra de los Treinta Años continúa y dura ciento uno, nada más que para batir el récord registrado. El siglo de Luis XIV es más glorioso, porque el pedagogo, lector empedernido de Dumas, se ocupa de «sustituir la caída en desgracia de Fouquet, apuesto, pródigo y seductor, por la de Colbert, agresivo, ambicioso, voluntarioso pero mediocre», cuyas dieciséis horas de trabajo al día asquean a toda la clase.

«El reino se extendía desde Gibraltar hasta los Cárpatos, el rey repartía electorados, grandes ducados y legiones de honor, los kirguistaníes leían a Fénelon con los ojos llenos de lágrimas.» Después viene Luis XV, «quien, al contrario que su abuelo, tenía ministros de noventa años y amantes de dieciocho». Luego, Luis XVI. Como la Revolución llega pese a todo, como una feria, el rey huye del barrio de Temple y se planta en Londres, «de donde regresaría unos años más tarde, bastante entrado en carnes, con el nombre de Luis XVIII, que se había dado a sí mismo en la resistencia». Como al ucronista se le había olvidado anexionar Córcega en 1768, nadie se abre camino en la época de Bonaparte, porque las cosas habrían sido demasiado complicadas con un general italiano.

En la novela, esta falta sirve sobre todo como contrapunto a las incertidumbres amorosas del protagonista, que va y viene de su mujer, a quien adora, a su amante, a quien también adora, aunque se inclina por preferir a esta última, porque es extranjera, poco conocida y huidiza, justo como la historia imaginaria. Los poderes familiares se alían contra su escapada, tanto del domicilio conyugal como de Malet e Isaac. «Si no recuperamos Metz, Toul y Verdún de una forma o de otra –se indigna su suegro–, ¿cómo iba a haber hecho yo mi servicio militar? No va usted a conseguir que admita haber llevado un uniforme extranjero. Así que ¡por lo menos Toul!»

Todo acaba volviendo al orden, con la visita del inspector de educación y la intervención de un *deus ex machina* que saca del apuro al despavorido docente en la persona de un mal alumno, repetidor, un tanto ducho en la historia oficial. La princesa alemana que destroza matrimonios y la Francia que daba a leer a Fénelon a los sensibles kirguistaníes regresan a la vez al fascinante y evanescente universo de los sueños desvaídos, de las aventuras sin mañana. El inspector y la historia, el suegro y la esposa logran una modesta victoria.

Si bien la ucronía propiamente dicha solo proporciona material para algunos párrafos maliciosos, creo que es superfluo subrayar por qué una ficción tan amena arroja luz sobre un tema tan sobrio como el nuestro. La tentación ucrónica no es solo el sino de quienes se sienten engañados por la historia o de los eruditos que quieren estudiar sus mecanismos. Se remonta al aburrimiento en los pupitres del colegio, a las primeras decepciones en la vida, a las nostalgias personales. Tras el sueño de apartar al sórdido Corbet en beneficio del amable Fouquet, de enderezar los manuales por el mero placer de burlarse de ellos, está el sueño de tener en los brazos a una caprichosa princesa alemana en lugar de abrazar a la legítima esposa, por encantadora que sea ella. Estos sueños se combinan, sus modalidades cambian según los gustos, pero afectan a todos los ucronistas.

Hace falta determinado temperamento, poco corriente, para entristecerse de verdad por las derrotas de Napoleón, por el advenimiento del cristianismo. Nuestras derrotas personales, el triunfo de las rutinas, el duelo por nuestras ilusiones, por nuestros amores o los pesares de los seres que amamos son capaces de inspirar un interés en actuar más intenso.

No actuamos, no hemos actuado, pero el interés subsiste, retrospectivo, y se torna remordimiento o, en el mejor de los casos, añoranza. Lo hecho, hecho está. Queda el recurso de rehacerlo en secreto, y en balde.

El milagro y la posterior ascesis heroica que le fueron concedidos a Pedro Damián se nos negarán siempre y ni siquiera tenemos la costumbre de soñar con ese milagro (hablo por mí), pero nos queda el recurso de la imaginación, es decir, la literatura.

Nos queda el recurso de escribir nuestras memorias, esas ediciones expurgadas y a la vez enriquecidas de nuestras vidas, donde nos pavoneamos tal como podríamos haber sido y no como fuimos, gracias al milagro anodino de una cocinilla interior hecha de pactos, de justificaciones, de autoconvencimientos con el paso del tiempo bastante eficaces. También el recurso de escribir novelas, de vivir en ellas destinos más afortunados o trágicos, poco importa, pero apartados de la imponderable gravedad de lo real. Vuelvo a las reglas que establecí al principio, para abolirlas y extender de nuevo a todos los terrenos de la ficción, o casi, el imperio de la ucronía. Si el esbelto Fabrice del Dongo, abandonado en el caos de Waterloo, no se involucra para hacer triunfar al Gran Ejército en virtud de alguna causa determinante, es porque su destino ucrónico era satisfacer al gordito de Stendhal, que se aburría en su consulado, no sacar del apuro a un emperador.

Quizá también por ello la ucronía, tal como yo la acotaba estrictamente hace unas cuantas páginas, nunca ha cuajado entre las masas, ni las ha apasionado, porque teje sin descanso la trama de nuestros sueños, porque al enfrentarse a la historia tiene poco que ganar y todas las posibilidades de perder sus glorias personales, inútiles e irremplazables, porque la historia, de hecho, no tiene importancia alguna.

A medida que iba terminando esta disertación, estuve buscándole un título, más comercial que *Introducción a la ucronía,* menos banal que *La nariz de Cleopatra,* más elegante que *Si mi tía hubiera tenido un par...* Pensé en *El estrecho de Bering,* que me parecía atrayente, pero no muy explícito, y que tenía el defecto de referirse tan solo a una anécdota incidental, que relaté al principio. También pensaba en la manera de explicar lo que me había empujado a estudiar este tema y a la vez mis motivos actuales para dar la espalda a la imagen esencialmente *triste* de la literatura ucrónica. Entonces, gracias a un amigo, descubrí una novela del poeta belga Marcel Numeraere, titulada *Vers le détroit de Behring.*

No se trata de una ucronía, ni de una historia de universos paralelos, sino más bien de una paráfrasis implícita de la novela de Robert Louis Stevenson *El señor de Ballantrae,* donde vemos a dos hermanos enemigos y muy distintos entre sí, separados a consecuencia de una trágica ordalía, perseguirse por todo el mundo siguiendo trayectorias diferentes y al final matarse el uno al otro sin que quede clara su identidad, pero el recuerdo de *El doctor Jekyll y Mister*

Hyde nos invita a pensar que no son más que las virtualidades opuestas de un solo hombre.

Aunque la novela de Numeraere también está llena de aventuras, no tiene ese carácter de alegoría moral, y su protagonista, un ingeniero que viaja por negocios al sudeste de Asia, se conforma con modificar su itinerario siguiendo un impulso, le basta con abandonarse a una larga y caprichosa deriva que, estimulada por un caso de espionaje, lo conduce hasta los hielos del estrecho de Bering.

No obstante, aunque se aleja del camino trazado por la dirección de su empresa –y, por extensión, de su familia, de su situación, de toda su vida anterior, un túnel que encontraba continuación en ese viaje bien señalizado–, y a pesar de sentirse embriagado por su brusco viraje, se asegura de marcar todas las etapas previstas al principio, para que desde tal hotel de tal ciudad en la que tenía que haberse detenido se envíen tarjetas postales y télex, y así mantiene el control sobre los dos viajes posibles, el que está realizando y el original, que no realiza pero del que fabrica los rastros que acreditan que sí lo ha realizado. A medida que los ramales se alejan, que los acontecimientos le pisan los talones, ese control empieza a fallar, pero en lugar de hablar de la catástrofe final, me gustaría citar un párrafo del primer tercio del libro, es decir, el principio de su escapada, que aclara mis razones para abandonar los ensueños adolescentes a los que da cuerpo la ucronía.

Tras pasar por alto una cita importante en Hong Kong, el protagonista se embarca hacia Macao y pasa la tarde descansando en la playa de Colonna, que está muy cerca:

> Estuve toda la tarde tumbado en la frontera movediza entre el mar y la tierra firme. A medida que bajaba la marea, me movía hacia atrás sin cambiar de postura, de modo que mis piernas descansaran en la arena húmeda y las pequeñas olas bañaran mi torso y mi cabeza. En torno a mis codos se formaban remolinos. En aquel lugar, el mar de China más parecía un estanque amarillento que la laguna exótica de mi imaginación, pero eso no restaba nada a la plenitud que sentía. A veces giraba la cabeza para ver pasar un junco a motor, y de todos modos estaba orientado hacia la playa donde unos adolescentes chinos, de esos sosos y adinerados que se ven en los barrios elegantes de Hong Kong, jugaban al balonmano tronchándose de risa. Yo me había escapado, y reía por lo bajo. Puede que en realidad estuviera hablando de porcentajes con el señor Liu, nuestro corredor, o enviando un télex. Imaginaba cada uno de mis gestos, el desarrollo más que previsible de mi viaje y de mi vida con tanta nitidez que la libertad saboreada en la playa, mi baño perezoso e incluso el chapoteo del agua contra mi costado perdían toda su consistencia, traicionaban la ilusión. Pero esa ilusión me colmaba, el choque apagado del balón en la arena, la canción de Barbra Streisand que sonaba a todo volumen a través del altavoz del chiringuito bastaban para que la aceptara como una representación de la vida real. Incluso

me complacía en dudar, en amenazar la fluctuante certeza que tenía de tal felicidad, cuando el azar decidió confirmarla.

Apoyado en los codos, con la cabeza echada hacia atrás, cerré los ojos, sintiendo la quemadura del sol como si se hubiera posado en mis párpados. Al cabo de un momento, sin motivo específico, los abrí y miré la playa.

Supongo que no se puede extraer ningún argumento razonable de la coincidencia entre abrir los ojos y el espectáculo igualmente fortuito y sobre todo efímero que se ofreció a mi vista (dos segundos antes o después y habría sido como el rayo verde, me lo habría perdido). Aunque solo siento desconfianza hacia la categoría elástica de las historias o los pequeños detalles «que no se inventan», concedo igualmente que la naturaleza descabellada de ese espectáculo no es en absoluto testimonio de la realidad que le otorgué, una realidad en cierto modo superlativa, que anulaba todas las demás, empezando por aquella en la que bien podía yo figurar en ese mismo momento, haciendo lo que me pagaban por hacer. Y, además, debo precisar que he aprendido a guardarme de prestar un sentido oculto a todo lo que no lo tiene, de deducir lo significativo de lo insignificante o, al revés, de glorificar lo insignificante.

Solo sé que me pareció una evidencia de oráculo, como si mi vida entera, haciéndome un guiño, me obligase a reconocerla de súbito y sin discusión posible en esta imagen: un joven chino, rechoncho, corría por la playa, vestido solo con un bañador del que llevaba colgado un walkman que debía de servirle para marcar su ritmo de footing. En el preciso instante en que abrí los ojos y miré hacia delante, todavía cegado por el sol, el joven chino se detuvo en seco a mi altura, frunciendo el ceño; hurgó en el walkman y sacó la casete, cuya cinta se había desenrollado. Luego sacó un lápiz de su bañador y la rebobinó sin prisas antes de colocar de nuevo la casete en el aparato, el lápiz en el bañador, y reanudar su carrera.

Lo seguí con la mirada, deslumbrado por la certidumbre –para mí nueva e inquebrantable– de que lo que me estaba sucediendo era lo real. Y, me ocurra lo que me ocurra, me alegré de ello. Me sigo alegrando ahora.

Ya está. Eso es lo que yo quería decir, dicho de modo más concreto. Que habría que alejarse de la ucronía, de los universos paralelos, de la añoranza que los atormenta, y aventurarse en el país de lo real. Es difícil, pero me gustaría intentarlo de alguna manera que no sea citando un libro... y tomándole prestado el título.

París, 1980-1985

No me cabe duda de que los lectores familiarizados con la inagotable *Encyclopédie de l'utopie, des voyages extraordinaires et de la science-fiction,* de Pierre Versins, habrán reconocido todo lo que este libro le debe, pero debe más aún a los consejos del profesor Raoul Girardet, que ya hace unos cuantos años dirigió mi tesina sobre este tema. Espero que encuentre en estas páginas la expresión de mi agradecimiento y, sobre todo, de mi fiel amistad.